講談社文庫

決戦！新選組

葉室麟、門井慶喜、小松エメル、
土橋章宏、天野純希、木下昌輝

JN043284

講談社

目次

決戦！新選組

鬼火

葉室麟

男の子が走っていた。

甲州街道《こうしゆうかいどう》、日《ひ》野宿《のじゆく》近くの道である。

武士の子なのだろう。前髪につけ髷《まげ》を結っている。

まだ、七、八歳だ。必死で走る。薄《すすき》が生い茂った野原だ。

すでに日が暮れかけた夕刻である。

あたりを夕焼けが赤く染めていた。男の子はこの近くの唐辛子《とうがらし》を供えれば願い事がかなうという、

——唐辛子地蔵

に参りに来た。手にはお供え物の唐辛子を持っていたが、落としてしまった。懸命に走りながら、時々、後ろを振り返る。

追ってくる男がいるからだ。

総髪《そうはつ》が後ろに後退して額《ひたい》が広く、目が落ちくぼんで鼻梁《びりょう》が高い顔をした浪人者だ。

街道を歩いていたとき、いつの間にか後をつけられた。

(ひとさらいかもしれない)

危険なものを感じて駆け出した。ところが浪人は追ってくる。足が速く、いまにも追いつかれそうだ。

男の子は息を切らせ、足がもつれた。悲鳴をあげて倒れた。

追いついた浪人者は男の子を見下ろすと、にやりと笑った。

ゆっくりとかがみこむと着物に手をかけた。男の子が暴れると鳩尾《みぞおち》をこぶしで突いて気を失わせた。

男の子がぐったりとなると浪人は嗤《わら》いながら着物をはぎ、素裸にしていった。

浪人はなめるように男の子を見つめた。

風に揺れる薄の穂が日差しに黄金《こがね》色にきらめいた。

沖田総司《おきたそうじ》ははっとして目覚めた。

京都、壬生《みぶ》の郷士、八木源之丞《やぎげんのじょう》の屋敷だった。

文久《ぶんきゅう》三年(一八六三)四月——。

総司は天然理心流《てんねんりしんりゅう》の剣術の師、近藤勇《こんどういさみ》とともに幕府が募集した将軍上洛《じょうらく》を警護する浪士組《ろうしぐみ》に入り、京に出てきていた。

蒸し暑い夜だった。かたわらに雑魚寝《ざこね》していた同門の井上源三郎《いのうえげんざぶろう》が、

「おい、どうした。寝られんのか」

と心配げに声をかけた。

「いえ、大丈夫です。いま、枕元に蛇がいたものだから」

「蛇だと――」

源三郎は驚いて起き上がった。

田舎《いなか》育ちの源三郎は毒蛇の怖さを知っている。赤子は毒蛇に嚙まれて死ぬかもしれない。

「いえ、間違いました。鼠《ねずみ》です」

総司はくすくすと笑った。

「なんだ、いつもの総司の冗談か」

源三郎はうんざりしたように言うと総司に背を向けて横になった。

総司も横になったが、目を開けたまましっと暗闇《くらやみ》を見つめた。

総司は冗談を言ってよく笑う男だった。

だが、胸はいつも冷えて静まり、喜怒哀楽の、

——感情というものがよくわからなかった。

心はいつも干《ひ》からびていて、どんなことにも動かない。少年のころ浪人に襲われた日からこうなった。

それをまわりに悟られるのが怖いから笑うのだ。

唐辛子地蔵の近くの野原で浪人者に襲われた総司は裸で気を失い倒れているところを姉の光子《みつこ》が見つけてこのころ住んでいた日野宿の家に連れ帰った。傷を負った尻が血に染まった無残な姿だった。

光子は泣きながら井戸の水で洗ってやり、手当てをした。総司は衝撃が大きかったためか何も覚えていなかった。だから、光子も何も言わなかった。傷が癒《い》えれば、心も癒えるだろうと思っていた。しかし、この日から総司は無表情で笑わない少年になった。

総司は阿部《あべ》家十万石、白河藩《しらかわ》の足軽小頭《あしがるこがしら》の家に生まれた。父母とは幼少のころ死に別れており、長男だが家督は姉、光子の夫である林太郎《りんたろう》が継いだ。

父の勝次郎《かつじろう》が亡くなったのは総司が四歳のときで、上士《じょうし》の家ならば元服を待って家督を継がせるということがあるのだろうが、足軽身分ではそれは望めない。家督を継いですぐに奉公をしなければならないからだ。

足軽といえども武家では家督を継がなければ厄介者あつかいになる。義兄の林太郎と姉の光子が話し合って総司は九歳のとき、江戸の市谷甲良《いちがやこうら》屋敷にある天然理心流道場、試衛館《しえいかん》の内弟子となった。沖田家の食い扶持《ぶち》が減るだけでなく、総司の将来のためにもなると林太郎と光子は考えたのだ。

道場主の近藤周助《しゅうすけ》は林太郎の剣術の師でもあった。光子は総司が内弟子になることが決まったとき、周助に総司の身に起きたことを話した。すでに白髪の周助は目を光らせて聞き、うなずいた。

試衛館の内弟子となった総司に周助は剣の稽古をつけるとともに、

――笑え

と命じた。たとえ無理にでも笑えば心が明るくなる。総司が受けた傷も癒えるだろうと思ったのだ。

だから、総司は剣の修行に励むとともに懸命に笑って生きてきた。だから、笑顔が能面のように顔にはりついてしまった。

夜が更《ふ》け、総司がようやく寝についた時、肩をゆすられた。ぎくりとして起き上がると土方歳三《ひじかたとしぞう》がそばにいた。

歳三も天然理心流の門人で近藤勇とは幼馴染《おさななじ》みでもあった。総司を弟分あつかいするが心が許せる相手ではなかった。

歳三は押し殺した声で、

「総司、殿内《とのうち》は今夜、宿舎を抜け出すようだ。つけて斬るのがお前の役目だ」

と言った。総司たちは将軍家茂《いえもち》の上洛を護衛する浪士組として京に上った。

この浪士組結成を幕府に献策した出羽《でわ》浪人、清河八郎《きよかわはちろう》は京に着くなり、朝廷に尊王攘夷《じょうい》の建白書《けんぱくしょ》を提出した。

朝廷が清河の尊王攘夷の魁《さきがけ》になりたい、という願いを聞き入れると、浪士組を率いて江戸に引き返す奇策を清河は行おうとした。

しかし、浪士組のうち、近藤勇を始めとする試衛館出身の一派など二十四人が清河と袂《たもと》を分かって京に残った。そして残留組は嘆願書を京都守護職の会津《あいづ》藩に提出してお抱えとなることができた。

だが、同時に京の浪士組の間での主導権争いが起きた。その中で近藤と土方は、他派の、

――殿内義雄《よしお》

という男を殺そうとしていた。暗殺者に選ばれたのが総司である。総司にとって初めての〈人斬り〉だった。

土方はさらに声を低めて言った。

「あちらからは、芹沢《せりざわ》さんが出るそうだ。後れをとるなよ」

「芹沢さんが――」

総司は目を瞠《みは》った。

浪士組のうち、京に残ったのは、近藤勇たち試衛館一派九人と、元水戸《みと》天狗党《てんぐとう》だという芹沢鴨《かも》が率いる八人、さらに浪士組取締役の旗本、鵜殿鳩翁《うどのきゅうおう》の指示によって京に残った根岸友山《ねぎしゆうざん》、殿内義雄ら七人がいた。

合わせて二十四人が残留し、近藤、芹沢派が会津藩お預かりを願い出ると、根岸派も独自に会津藩と接触し、お預かりとなった。

根岸派は鵜殿鳩翁の命によって京に残っただけに、京の浪士組を率いるつもりだった。

これに反発した近藤、芹沢派では、根岸派の幹部である殿内義雄を斬り、根岸派を一掃しようとしていた。しかし、その〈殿内斬り〉に芹沢鴨自身が出てくるとは意外だった。

芹沢は水戸藩上席郷士《ごうし》の家に生まれ、神官の下村《しもむら》家の養子となって下村継次《ただつぐ》と称していた時期がある。武田《たけだ》耕雲斎《こううんさい》に師事して水戸藩の尊王攘夷運動に参加したが、同志を殺した罪によって投獄された。

大赦《たいしゃ》によって出獄すると、何を思ったのか、仲間とともに浪士組に加わったのだ。神道無念流《しんとうむねんりゅう》の免許皆伝《めんきょかいでん》で、この年、三十二歳である。

総司は清河八郎が上洛した浪士組の本部としていた新徳寺《しんとくじ》に浪士たちを集め、尊攘の大義のため、江戸へ戻ると宣言したときの芹沢を覚えている。

清河の話に真っ先に反発したのは近藤で、立ち上がると、大声で、

「われらは将軍家警護のために京に上ったのだ。江戸へ戻る謂《いわ》れはない」

と朴訥《ぼくとつ》に述べた。これに対して清河は冷笑をもって報いただけで相手にしようともしなかった。だが、続いて芹沢が立ち上がると清河は緊張した表情になった。

尊王攘夷の総本山は水戸藩である。中でも天狗党は過激さで際立っていた。芹沢が天狗党だったことは浪士たちに知れ渡っており、誰もが芹沢を畏怖《いふ》していた。

芹沢は浪士たちの視線を浴びながら落ち着いた表情で話した。総髪でととのった精《せい》悍《かん》な顔立ちで目が鷹《たか》のように鋭い。

「尊王攘夷のために働くのは同意だが、なぜ江戸に戻るのだ。せっかく上洛したからには、帝《みかど》を警護し奉《たてまつ》り、攘夷の魁となるのが筋だ。将軍家も上洛したからには、江戸はもぬけの殻ではないか。江戸に戻れば留守番役をさせられるだけで、幕府の思うつぼだぞ」

芹沢の気魄《きはく》に押された清河が青ざめながらも言い返した。

「それではわれらの素志《そし》は果たせぬ」

「素志とは清河八郎の私兵を作ろうということだろう。尊王攘夷のためならば、それもよいが、幕府を甘く見ぬことだ。江戸に戻ればせっかくの浪士組は取り上げられ、あげくの果てにあんたは殺されるぞ」

清河はようやく顔色を戻し、

「水戸で同志を斬ることしかできなかった男が何をほざくか」

と痛烈に言い放った。清河の言葉を聞いて芹沢はすっと目を細めた。

浪士たちが、あわてて割って入り、話を打ち切らなかったら芹沢は清河を斬っていただろう。それほどの殺気があった。

(あのひとと殿内義雄を斬りにいくのか)

総司は胸がざわめいた。

総司は八木邸を出ると殿内らが宿舎にしている四条《しじよう》通り大宮西入《おおみやにしはい》ルの更雀寺《きようじやくじ》に向かった。

芹沢は先に出ているという。

総司は星明りを頼りに夜道をたどりながら、指先が震えるのを感じていた。

(わたしはひとを斬りたがっている)

総司は冷静に自分を見つめた。感情の動かない総司だが、ただひとつだけ気が昂《たかぶ》ることがあった。それは、かつて子供のころ自分を凌辱《りようじよく》した浪人を斬ることだった。

九歳で試衛館の内弟子となった総司は、十四歳のころには、白河藩の剣術指南役との稽古《けいこ》で一本取るほどの腕前になり、天分を発揮していた。

二十二歳となったいまでは周助の後を継いだ師匠の勇にかわって出稽古に赴《おもむ》くまでになっており、

(いまのわたしならば——)

あの浪人など一太刀《ひとたち》で斬って捨てて屈辱を晴らすことができるのに、と歯ぎしりする思いだった。しかし、あの浪人とめぐりあえるとは到底、思えず、辱《はずかし》めを雪《すす》ぐことはできないのか、と思うと苛立《いらだ》った。そんなとき、総司は稽古が手荒くなり、門弟たちから恐れられた。

総司は剣客では、このころから三十五年前に亡くなった幕臣の平山行蔵《ひらやまこうぞう》に憧れていた。行蔵は江戸、四谷《よつや》の伊賀組同心《いがぐみどうしん》の家に生まれ、少年時代より文武両道に励んで武芸十八般に通じた。自宅に設けた道場、〈兵原草盧《へいげんそうろ》〉で忠孝真貫流《ちゅうこうしんかん》剣術、長沼《ながぬま》流兵学、儒学を講じた。

常在戦場を実践して玄米を常食とし、毎朝起きると七尺の棒を五百回振り、長さ四尺、幅三寸の居合刀を二百回抜き、読書をしながらケヤキの板を叩いて拳《こぶし》を鍛えた。書に倦《う》むと水風呂に入って惰気《だき》を払うといった暮らしぶりで着物は一年を通じて一枚、真冬でも足袋《たび》は履かず、板の間で寝た。

蝦夷《えぞ》地の北辺にロシア人が出没すると、海防に強い関心を抱き、幕府に上書し、自ら蝦夷地防衛にあたろうとした。

このため、近藤重蔵《じゅうぞう》、間宮林蔵《まみやりんぞう》とともに、

――蝦夷三蔵
などと呼ばれた。

総司は行蔵が書き残した、

――剣術とは敵を殺伐《さつばつ》することなり。その殺伐の念慮を驀直端的《まくじきたんてき》に敵心へ透徹《とうてつ》する

をもって最要とすることぞ
という言葉を自らの剣の神髄としていた。何も考えず、ひたすら斬る。その剣の先に少年の日、自分を凌辱したあの浪人の顔があるのだ。

総司は夜道を進んで更雀寺に着いた。

芹沢がいるはずだ、思ってあたりを見まわす。誰もいない。どうしたものか、と思っていると、いきなり、

「おい――」

と声がかかり、腕をつかまれ板塀《いたべい》沿いの天水桶《てんすいおけ》の陰に引きずりこまれた。

あっと思って相手の顔を見ると、芹沢だった。沖田が、芹沢さん、と言おうとすると口を押えられた。

「近藤さんのところの沖田君だな。間もなく殿内が出てくる。静かにしたまえ」

芹沢は目を光らせた。

口を押えた芹沢の手がやわらかく、温かいことが総司を戸惑わせた。

総司と芹沢が闇に潜《ひそ》んでいると、更雀寺から旅姿の武士が出てきて笠をかぶり、提《ちょう》灯《ちん》を手にしている。

芹沢は武士を見つめながら、

「沖田君、奴は四条大橋を渡るつもりだろう。先廻りして橋の中央で待て。わたしが後ろから行って挟み撃ちにする」

「あの男が殿内に間違いありませんか」

総司が訊《き》くと、芹沢はさびた声できっぱりと答えた。

「間違いない。昼間、あの寺を訪ねて殿内をたしかめておいた。背格好から歩き方まで奴とそっくりだ」

総司は、〈人斬り〉での芹沢の用意周到さに驚いた。これほどにしなければひとは斬れないものなのか、と思った。すると、芹沢がくっくっと笑った。

「何がおかしいのです」

総司は訊いた。馬鹿にされたのではないか、と思った。だとすると、試衛館の名誉のために放っておけない。

「いや、ご無礼した。試衛館の方はかようなことに慣れていないようなので、羨《うらや》ましかったのだ」

「羨ましい？　まことですか」

総司は疑わしい目で芹沢を見た。

「羨ましいとも、水戸では、勤王か佐幕かをめぐって藩士がたがいに殺しあっている。狭い巣穴で鼠が共食いをするようなものだ。ほとんどの鼠が死に、ただ一匹、生き残って巣穴を這《は》い出てきたのが、このわたしだ――」

芹沢は暗い声でつぶやいた後、鋭く、

――行けっ

と声を発した。

総司はすぐさま闇の中を足音をたてずに走った。間もなく四条大橋に着いた総司は真ん中あたりで欄干《らんかん》に背をもたせて座り込んだ。

やがて、ひたひたと足音が近づいてきた。

総司は橋に身を伏せてうかがい見た。

いましがた更雀寺から出てきた男だ。あの男を斬るのだ、と思った瞬間、総司の背筋を悪寒《おかん》が走った。吐き気がする。

(まただ――)

総司は目を閉じた。子供の時から、緊張したおりに、背中につめたいものが走り、吐きそうになった。

あの浪人がした、いまわしい行為が思い出されて生々しく体を震わせた。あの浪人によって、自分は何かを体の奥に植え付けられたのではないか、という恐れがあった。いつの日か、それが体の中で目覚め、自分を、

――妖《あやか》しの者へと変えてしまうのではないか。子供のころの痛みが闇に浮かぶ鬼火のように総司の脳裏からいまも離れない。

総司が目を閉じ、震えていると、

「沖田、何をしている」

芹沢の怒声が聞こえた。はっとして目を開けると旅姿の武士が提灯を投げ捨て刀の柄《つか》に手をかけて走り寄ってくる。思わず、不用意に総司は立ち上がった。

刀を抜く暇がなかった。武士が斬りつけ、総司はのけぞって倒れた。

さらに武士が大きく刀を振り上げたとき、芹沢が飛び込んできた。

白刃が光った。芹沢が駆け過ぎると武士は弾かれたように倒れた。

芹沢の刀が武士の脇腹を裂いていた。

総司がゆっくりと起き上がったとき、芹沢は武士に止《とど》めを刺した。

そして刀を鞘《さや》に納めると、笠をとって死骸の顔をあらためて、

「やはり、殿内義雄だ」

とつぶやいた。総司はよろけながら立ち上がると頭を下げた。

「役に立たず、申し訳ありませんでした」

芹沢はじっと総司を見つめた。斬るつもりではないか、と総司は思った。

「おかしいな。お主の腕のほどはわかる。殿内ごときに後れをとるはずがない。それなのに、なぜ斬れなかったのだ」

芹沢は首をかしげて言った。

総司は頭をたれたまま何も言えなかった。子供のときの恥辱は誰にも話すわけにはいかなかった。

芹沢は近づいてくると、不意に抜き打ちに斬りつけた。総司は大きく跳び下がった。芹沢はなおも斬撃を見舞ってくる。

総司は刀をすらりと抜いた。

その隙《すき》を逃さず、芹沢が斬りつけると総司の刀が弾き返した。

芹沢が間合いをとって正眼《せいがん》に構える。総司も正眼でじりっと爪先《つまさき》でさぐって足の位置をたしかめた。

試衛館の者なら、それが総司が突きを見舞うときの癖だ、と知っている。

総司は踏み込んだ。
や、
や、
や、
三回の気合がひと声に聞こえ、三度の踏み込みがただ一度のように見えた。
総司が得意とする稲妻のような突きを三回続けて放つ、
——三段突き
だった。これを芹沢は体を揺らして、刀で受けて見事にかわした。
そのうえで、刀を鞘に納めて、
「これまでだ」
と言い放った。総司は吐息をついて刀を鞘に納める。すると、近づいてきた芹沢がさりげなく総司の股間に手をのばした。総司がはっとしたときには、急所を握られていた。
「芹沢さん、何をするんです」
総司がうろたえると、芹沢は淡々と言った。
「おびえるとふぐりが縮こまり、たまが上にあがる。だが、お主はそうなってはいない。怖気《おじけ》づいたわけではないようだな」

芹沢はゆっくりと手を放した。あらためて総司を見つめる。

「それでもわけは言えぬということか」

「申し訳ありません」

総司はため息をついた。

「まあ、いい。だが、ひとを斬り損ねたことを恥じることはないぞ。斬り慣れれば、それだけ地獄への道が近づくだけだからな」

芹沢は自らを嘲《あざけ》るように言った。

「しかし、戦をしなければならぬ武門は地獄は必定《ひつじょう》だと言いますが」

「その通りだ。馬鹿な話だ」

芹沢は嗤って背を向けて歩き出そうとしたが、

「沖田君が殿内を斬れなかったことをわたしは近藤さんに言わぬ。だから、君も言うな。何もな――」

と言うと振り向かずに歩いていった。

総司は去っていく芹沢の背中を見つめ続けた。

翌日――

総司は八木邸のそばにある壬生寺の境内《けいだい》で近所の子供たちと、目隠し鬼をして遊んでいた。手ぬぐいを巻いて目隠しをした鬼が子供たちを追いかけて捕まえる。

総司が鬼になっていた。

　鬼さんこちら

　手の鳴る方へ

子供たちが囃《はや》し立て、手を打って鳴らすと総司は笑いながら両手を前に突き出して追いかける。総司はおとなといるときよりも子供たちと遊んでいるほうが楽しい。まだ、童《わらべ》臭さが残っているからか、それとも子供のころの忌《い》まわしいことが忘れられるからなのか。子供を捕まえようとした総司の手がひとにぶつかった。子供ではない、おとなのようだ。手ぬぐいの目隠しをはずして見ると、芹沢が無表情な顔で立っていた。

「これは失礼いたしました」

総司は笑って頭を下げた。芹沢は、じろりと見てひややかに言った。

「わたしだと気配でわかっていたはずだ。沖田君はいつもおのれを偽《いつわ》ろうとするのだな」

いや、そんなことはありませんが、と頭をかきつつ弁解する総司に、芹沢は、

「一緒に来てもらいたいところがある。近藤さんには沖田君を借りたいと話しておいた」

「どこへ行かれるのですか」

「山科《やましな》の本圀寺《ほんこくじ》だ」

芹沢は言うなり、背を向けて歩き出した。総司はあわてて刀を取りに戻り、芹沢の後を追った。ゆっくりと歩いていた芹沢に追いついた総司は、

「お供なら、新見《にいみ》さんか、平山《ひらやま》さんがいいんじゃありませんか」

芹沢派である新見錦《にしき》と平山五郎《ごろう》の名をあげて訊いた。ふたりとも腕は立つから、護衛役には打ってつけのはずだ。

「根岸派の連中は殿内を斬られて姿をくらました。もし市中に潜んで仇《かたき》を討とうとしているのなら、殿内を斬ったわたしたちがそろっている方がおびき出しやすいだろう」

芹沢はあっさり言って足を進めた。芹沢は自分を餌にして敵を誘い出そうとしているのだ。総司は芹沢の豪胆さに感心しながら後をついていった。やがて山科に入り、本圀寺に着いた。鑓《やり》を持った門衛があたりを警戒して物々しかった。

「将軍家後見職の一橋慶喜《ひとつばしよしのぶ》公に随従して上洛された水戸慶篤《みとよしあつ》公がおられるのだ」

芹沢はさりげなく言うと、門衛に近づき、

「芹沢鴨と申す。武田耕雲斎様と藤田小四郎《ふじたこしろう》殿に面談いたしたい。お取次ぎ願います」

と言った。門衛は白昼に幽霊を見たように、青ざめてまじまじと芹沢を見つめたが、やおら背を向けて寺の建物に向かった。しばらくして引き返してきた門衛は丁重な物腰で芹沢たちを塔頭《たっちゅう》に案内した。

奥の部屋に入って待つほどに、ふたりの武士が入ってきた。

水戸尊攘派の重鎮、武田耕雲斎と水戸烈公斉昭《みとれっこうなりあき》の側近として天下に知られた藤田東《とう》湖《こ》の息子、小四郎である。まだ二十二歳の若さだ。

「下村さん、いや、いまは芹沢鴨というらしいな。ひさしぶりです」

小四郎が白い歯を見せてにこやかに言った。

「玉造《たまつくり》村以来です」

芹沢はうなずいて答える。

本圀寺の塔頭で芹沢が武田耕雲斎や藤田小四郎と話すのを総司は傍《かたわ》らで聞いた。

水戸藩の過激な尊攘派である天狗党は、一時、領内の玉造村の郷校に拠点を置き、勢力拡大を図った時期があった。

玉造勢は「無二無三日本魂《むにむさんにほんだましい》」、「進思尽忠《しんしじんちゅう》」という旗や幟《のぼり》を立て、潮来《いたこ》や佐原《さわら》の富商をまわって軍資金を取り立てて気勢をあげた。

芹沢はこの玉造勢の幹部のひとりだった。

だが、藩政府が天狗党と敵対する諸生派《しょせいは》に変ると、玉造勢は弾圧され、芹沢も投獄された。仲間は次々に自死、あるいは獄死した。

芹沢はこれに憤り、獄中で小指を噛み、滴《したた》る血で書いた漢詩を牢外に貼り付けたという。

また、芹沢は富商から軍資金を取り立てる際、同志の中に金を自らの懐《ふところ》に入れた者がいたのを知って怒り、この三人を斬っていた。この罪も咎《とが》められ、

——斬罪梟首《ざんざいきょうしゅ》の事
とされていたが、朝廷で尊攘派の勢いが強まると、水戸藩でも天狗党への弾圧を控えた。

辛うじて芹沢は二年ぶりに釈放された。幕府の浪士組に応募する二ヵ月前のことだった。

「しかし、幕府の浪士組に潜り込んで上洛するとはよく考えたものだな」

耕雲斎が微笑して言った。

「清河八郎が裏で動いていることを耳にしました。その策にのって京で尊王義軍を作ろうと思い立ちました」

「ほう、それは面白い」

耕雲斎がうなずくと小四郎が言葉を添えた。

「殿のお供で上洛した尊攘派は多いので本圀寺党と称している。芹沢さんの尊王義軍と手を組めば攘夷のために働くことができます」

芹沢はちらりと総司を見遣《みや》ってから、あらためて耕雲斎と小四郎に顔を向けた。

「それで、お頼みいたしたいことがあります」

耕雲斎の目が光った。

「できることならしますぞ」

芹沢はゆっくりと口を開いた。

「京に残留した浪士組は会津藩お抱えとなっていますが、いずれ離れるつもりです。そのために幕府の息のかかった者をひとり昨夜、成敗《せいばい》いたしました。今後は大坂の富商から軍資金を取り立て、会津藩のもとから脱します」

「なるほど、考えたものだな」

耕雲斎が感心したように言った。

「ですが、玉造村では、富商からの金を私《わたくし》した者を斬らねばなりませんでした。あのようなことはもはやしたくない。それで、法度《はっと》を作り、厳正に取り締まりたい。そろいの羽織を作り、自分たちが何者であるかを常にわきまえさせる。さらに騒動を起こして天下の耳目を集めたいと考えております」

小四郎は膝を叩いた。

「それはいい。まさしく尊王義軍だ」

「さようです。しかし、会津藩と縁を切った暁《あかつき》には、宮家を擁しなければ、尊王義軍としての面目《めんもく》が立ちません。それゆえ、われらをいずれかの宮家にお取次ぎ願いたいのです」

芹沢は手をつかえ、頭を下げた。かたわらで話を聞いていた総司も思わず、頭を下げた。

小四郎が大きくうなずいて、

「わかりました。何とかしましょう」

と答えてから総司に目を向けた。

「その方はわたしと同様、お若いが芹沢さんの新しい同志ですか」

「さよう、同志にして、わが友です」

総司は芹沢の言葉に息を呑んだ。

総司は本圀寺で芹沢が武田耕雲斎や藤田小四郎と何を話していたか近藤や土方に言わなかった。

土方から探りを入れられても、とぼけた。

「本圀寺のまわりは烏《からす》が多くて、鳴き声がうるさいものだから、何も聞こえませんでした。まったく烏というやつは、どうしようもないですね」

土方は胡散《うさん》臭げに総司を見て、

「総司は近頃、芹沢さんのお気に入りのようだが、取り込まれてもらっては困るぞ」

と釘を刺した。

「大丈夫ですよ。芹沢さんはわたしなんか相手にしちゃいませんから」

総司は笑った。なにしろ、あのひとの考えているのは、尊王義軍を起こすことなのだから、と総司は胸の中でつぶやいた。

芹沢は辛く悲しいものを背負っているような気がした。それが何なのかは知らない。

だが、芹沢がこれからどう生きるのか見つめたい。総司はため息をついた。

間もなく芹沢は、武田耕雲斎や藤田小四郎に言ったことを実行し始めた。

浪士組の隊名を、

——壬生浪士組

と称し、局長は芹沢と近藤、新見錦で芹沢が局長首座となった。そして法度を定めた。

一、士道ニ背キ間敷事

二、局ヲ脱スルヲ不許

三、勝手ニ金策致不可

四、勝手ニ訴訟取扱不可

五、私ノ闘争ヲ不許

右条々相背候者切腹申付ベク候也

規律の厳しさに土方ですら目をむいた。

「芹沢さん、随分、厳しいですな」

土方が問うと、芹沢は笑って答えた。

「織田信長は味方の兵が一銭を盗んだだけでも首をはねたそうだ。それぐらい厳しくしなければ天下は取れぬ」

土方は目を瞠った。

「芹沢さんは天下を取るつもりですか」

芹沢は薄く笑っただけで答えない。

その後、芹沢は近藤や総司とともに大坂に下ると豪商の平野屋《ひらの》から、尽忠報国《じんちゅうほうこく》のためとして百両を押し借りした。この金で浅葱色《あさぎいろ》地の袖に白の山形をつけた、そろいの、

——だんだら羽織
を作った。この羽織を全員で着て市中の見回りをすると驚くほど目立った。

さらに六月に入って、芹沢は大坂に下った際、総司や山南敬助《やまなみけいすけ》、永倉新八《ながくらしんぱち》、平山五郎、斎藤一《さいとうはじめ》、野口健司《のぐちけんじ》、島田魁《しまだかい》と北新地《きたしんち》の茶屋に遊びに行こうとした。このとき、橋の上で相撲取りの一行と道を譲れ、譲らぬでもめた。

これを見た芹沢は後ろの方にいたが、つかつかと前に出ると、

「無礼者——」

と言うなり先頭の相撲取りを斬り捨てた。これに怒った相撲取りたちは、六尺棒を持って芹沢たちが入った茶屋に数十人で押しかけた。総司たちは店から飛び出して相撲取りたちに斬りかかった。

総司は芹沢が天下の耳目を集めるためにわざと騒動を起こしたのだ、とわかりつつも風車《かざぐるま》のように刀を振るって斬りまくった。

背後で芹沢が、笑いながら、

——斬れっ、斬れっ
と血に酔ったかのように大声を発していた。


雨が降っていた。

総司は八木邸の縁側に座り、ぼんやり庭を眺めていた。

文久三年九月十六日——

総司たちが上洛してから半年が過ぎていた。

曇った空は風が強いのか、雲の流れが速く、時折り、雲の切れ間から白い日差しが漏れていた。

(芹沢さんの勢いも八月までだったな)

総司は吐息をついた。

壬生浪士組を立ち上げた芹沢は六月に大坂で相撲取りとの喧嘩《けんか》騒ぎを起こして浪士組の名を広めた。無論、乱暴者としての悪名だったが、芹沢は意に介さなかった。

大坂で騒ぎを起こした三日後、六月六日に芹沢は会津藩主松平容保《まつだいらかたもり》に、そのころ各藩で取り入れられていた地理、医術、砲術などの西洋文化を排除すべきだ、との建白書を提出した。浪士組が身元を引き受けてもらっている会津藩に堂々と攘夷を主張したのだ。

このころ会津藩では浪士組が金策をしていることを知って、放置すれば藩の体面に傷がつくことを恐れた。会津藩は本陣としていた黒谷《くろだに》の金戒光明寺《こんかいこうみょうじ》に芹沢を招いて最初に押し借りした平野屋に返すようにと百両を渡した。さらに浪士たちに毎月三両、年に三十六両を支給することも申し出た。

芹沢はこれも受けた。このころ浪士組は京、大坂で新たな隊士を募集しており、総勢五十人ほどになっていた。軍資金が潤沢で手勢も五十人を超えた浪士組は、初め局長のひとりだった新見錦を土方歳三、山南敬助とともに副長とし、総司らを組頭として七つの組を率いさせた。さらに組頭と対等な勘定方《かんじょうがた》も設けた。勘定方は戦になれ

ば、

――小荷駄《こにだ》
と呼ばれ、武器や兵糧を運ぶ部隊となる。まさに芹沢が考えた、

――尊王義軍
に近づきつつあった。

これらの組織編制は農民出身の近藤や土方にできることではなかった。十分であり、戦闘組織でもあった天狗党に属した芹沢だからこそできたことだった。

近藤はもっぱら、隊士たちが日頃、剣の稽古をする道場作りに勤《いそ》しみ、土方はできあがった組織の監視に目を光らせることに情熱を燃やしていた。

芹沢は尊王義軍としての内容が充実してきたと見たのか、八月十二日、深夜、三十数人の隊士を従えて、京、中立売通《なかだちうり》り葭屋町《よしやまち》にある生糸商、大和屋庄兵衛《やまとやしょうべえ》の店に押しかけ土蔵を焼き打ちにした。庄兵衛は生糸の交易のために買占めを行っており、西陣織の職人たちに恨まれていたという。

芹沢は大和屋に軍資金を出すように言ったが、断られたことを理由に焼き打ちを行った。

まず、大和屋西側にある息子の仙之助《せんのすけ》方の土蔵に火をつけ、さらに庄兵衛方の土蔵

に放火、商売物の糸や布を道路に撒《ま》き散らした。出火を見て駆けつけた火消したちを抜刀した隊士たちが制したため、誰も近づけず大和屋は全焼した。

芹沢はあたりを睥睨《へいげい》しつつ大和屋の前に仁王立ちした。

(あのときの芹沢さんはすごかったな)

総司は思い出して微笑した。

大和屋は御所の中立売御門から西へおよそ八町という近さだ。大和屋から燃え上がり夜空を焦《こ》がした炎は御所からも見えた。

芹沢が大和屋を焼き打ちした十三日、朝廷は孝明《こうめい》天皇による攘夷祈願のための大和行幸が行われることを明らかにしていた。

大和行幸は尊攘派の大物、久留米《くるめ》の神官だった真木和泉《まきいずみ》の建策とされる。攘夷祈願はすなわち帝による攘夷親征であり、これに従わぬ幕府を討つ目論見《もくろみ》も秘められていた。

この時期、長州藩《ちょうしゅうはん》はすでに外国商船を馬関《ばかん》海峡で砲撃していた。

薩摩《さつま》藩は島津久光《しまづひさみつ》の行列をさえぎった外国人を殺傷した生麦《なまむぎ》事件の報復に鹿児島《かごしま》に来襲したイギリス艦隊との間で薩英戦争を起こしていた。

あたかも攘夷戦争の火ぶたが切られたかのように騒然としていたのだ。

その最中に大和行幸が決定した。これを受け、大和の天領を占拠しようと土佐《とさ》の吉村寅太郎《よしむらとらたろう》、備前《びぜん》の藤本鉄石《ふじもとてつせき》、三河《みかわ》の松本奎堂《まつもとけいどう》ら尊攘派の志士が公卿《くぎょう》の中山忠光《なかやまただみつ》を擁して決起した。十四日に京を出て、十七日に大和に入り、五条代官所を襲撃して代官を殺害し、代官所支配地を朝廷の領地とし、本年の年貢半減などを布告する、

——天誅組《てんちゅうぐみ》の乱
を起こす。芹沢の大和屋焼き打ちもこれに呼応するものだった。いわば芹沢にとって攘夷決起の、

——烽火《のろし》
だったのかもしれない。

大和屋の焼き打ちには壬生浪士組の三十数人が従った。この時期、壬生浪士組は五十人を超す人数だったから、芹沢はその七割を掌握していたことになる。

大和行幸が実現すれば、芹沢は天誅組のように宮家を擁して会津藩のもとから脱し、尊王義軍の旗揚げをするつもりだったのではないか。

総司は大和屋を焼き打ちしたときの芹沢の意気盛んな姿を思い出しつつ、

（大和行幸を前に大和屋を焼き打ちしたのは、芹沢さんの洒落《しゃれ》だったのかもしれな

い）

と思ってくすりと笑った。もし、大和行幸が行われていれば、芹沢は攘夷戦の魁となっただろう。

だが、そうはならなかった。

総司は庭の石灯籠《いしどうろう》が雨に濡《ぬ》れるのを眺めながら、

「芹沢さん、惜しかったですね」

と独りごちた。

大和屋焼き打ちから間もない十八日、芹沢が予想もしなかったことが起きた。いわゆる、

——八月十八日政変

である。十八日、九ツ半（午前一時）ごろ、中川宮《なかがわのみや》が突然、宮廷内に入り、近衛忠《このえただ》熙《ひろ》父子らの公家、京都守護職松平容保、所司代稲葉正邦《いなばまさくに》が参内《さんだい》すると、会津、薩摩、淀《よど》藩兵が九門を固く閉ざした。さらに在京の土佐、因州《いんしゅう》、備前、阿波《あわ》、米沢《よねざわ》藩主にも藩兵を率いて参内するよう命が下った。

寅《とら》ノ刻（午前四時）には警備の配置が終ったことを告げる大砲が一発、撃たれた。

こうして開かれた朝議では、大和行幸の延期とともに、尊攘派公家の参内停止、長

州藩の堺町門《さかいまちもん》警衛免除が決まった。

異変を知った長州藩士は堺町門に駆けつけたが、朝議が決したとあって、なす術《すべ》もなく、三条実美《さんじょうさねとみ》ら七人の尊攘派公家とともに京を落ちるしかなかった。

長州尊攘派の凋落《ちょうらく》は、芹沢にとっても時勢からの転落だった。


八月十八日政変の際、壬生浪士組は会津藩から出動を命じられた。長州藩が不穏《ふおん》な動きをした場合に備えて御所の門を守るためである。

芹沢は長州藩が失脚したとの一報を聞いて、

「なんということだ」

とうめいた。そして武装して御所に向かいながらも、しきりに舌打ちしたという。

京の商人、西村《にしむら》氏が記した『役中日記《やくちゅうにっき》』には、三条通り衣棚《ころもだな》付近を通る浪士組の様子が、

——壬生浪士中、ただし肥後守《ひごのかみ》殿御預かり分、四、五十人を、いずれも手に手に白刃、鑓、長刀《なぎなた》所持致し、身は錣襦袢《しころじゅばん》、あるいは同じく頭巾等着し、大将分両人甲冑《かっちゅう》にて当方表を通行致され候
と記されている。当時の目撃談によれば、浪士組はそろいの浅葱地、袖口に白い山

形を抜いた羽織を着ていたという。

大将分ふたりとは言うまでもなく芹沢と近藤のことだ。

浪士組が蛤御門《はまぐりごもん》にさしかかると警衛していた会津藩士たちが、

「何者だ」

と誰何《すいか》した。しかも一斉に鑓の穂先を向けてきた。穂先が白く光り、兵たちは緊張のため殺気立っている。

鑓を向けられてさしもの近藤が後退《あとずさ》った。しかし、芹沢は一歩も退かず、腰にしていた鉄扇を広げると鑓の穂先を嘲弄《ちょうろう》するように、ゆらゆらと扇《あお》いで、

「われらは京都守護職松平公お預かりの壬生浪士組である。御所の警護を命じられ、参上した。さっさと通さぬか」

と雷鳴のような声を発した。自分の顔から五寸（十五センチ）ほどしか離れていない、鑓の穂先を扇いで見せた芹沢の豪胆さはまわりの者を驚嘆させた。

だが、芹沢にしてみれば、長州藩を追い落とした会津藩が許せず、挑発して、もし突いてくるようであれば、斬り倒すことで憤りを晴らそうというつもりだった。

警衛の会津藩士たちはあわてて本営に問い合わせた後、ようやく道を開けた。

芹沢は先頭に立って御所に入りながらも、なお警衛の武士たちの顔を鉄扇で扇ぎつ

つ通り過ぎた。

御所で待ち受けていた会津藩士が合い印として黄色い襷《たすき》を渡した。

芹沢たちは、襷をつけて、翌朝まで南門の警衛にあたった。もし、長州勢が押し寄せるなら、御門の内側で長州勢に呼応して寝返ろうと芹沢は考えていた。

だが、何事もなく夜が明け、芹沢は天を仰いだ。そこに土方と総司が近づいてきて、

「局長、ただいま朝廷の武家伝奏《ぶけてんそう》より、会津様にご連絡があって、われらへもねぎらいがあったそうです。そこで、いまのままの浪士組では朝廷にはばかりがあるゆえ、これよりは新選組と名乗れとのことです」

「新選組だと」

芹沢は眉をひそめた。われらは、浪士組で十分だ、と芹沢は思っていた。

だが、土方は違うようだ。

「どうも浪士組では貧乏臭くていけない。朝廷へのはばかりがあるとなれば名前を変えるしかありませんな」

憤りを胸にしながらも言い返せず口を閉ざす芹沢から総司は目をそらせるしかなかった。

長州藩が京を追われてから、芹沢は荒れ、憂《う》さを晴らしに出かけた島原《しまばら》の遊郭で気に入らないことがあると鉄扇で膳《ぜん》や什器《じゅうき》、ふすまなどを叩き割った。

総司は土方から、

「芹沢さんのお気に入りのお前が目付役になれ」

と言われて芹沢の酒席の供をした。しかし、土方は芹沢の酒を控えさせろ、とは言わない。

(このひとは、芹沢さんが乱行のあげく自滅するのを待っているのだ)

芹沢がつぶれれば、新選組と名前が変わった浪士組を近藤とともに牛耳ろうと土方は考えているに違いない。

総司は憂鬱な思いで芹沢の酒宴に連なった。

芹沢は総司がいるときはひどい荒れ方をしないので、新見錦や平山五郎ら芹沢派の者たちも総司が加わるのを喜んだ。

島原で酔いつぶれると芹沢は遊女を呼ばずに総司の傍らに横になった。時折りは戯《たわむ》れるように総司の手を握った。

「沖田君、わたしはどうやら京での居場所を失った」

芹沢がため息まじりに言うのを聞きながら、総司は、居場所がなくとも、わたしとともにいればいいではありませんか、と言いかけたが口を閉じた。

芹沢は乱暴者として恐れられていたが、一方で八木家の娘が夭折《ようせつ》したおりは近藤と帳場に立って葬儀を手伝う思いやりの深さがあった。さらに暇つぶしに八木家の子供たちに面白い絵を描いてやるやさしさも見せた。

隊士たちが八木家から借りた火鉢を芹沢がこっそり返しにいったことがある。隊士たちが暴れて刀傷をつけてしまったからだ。

八木家の家人がそれに気がつくと芹沢は頭を抱え、「すまん、俺だ、俺だ」とおどけて逃げた。

総司はそんな芹沢が好きだった。

冗談めいて手を握られると自分の中に蠢《うごめ》くものがある気がする。

それが、幼いとき、浪人に乱暴されて植え付けられたものだとしたら、決して表に出してはならない。

総司は固くそう思っていた。だが、なそうとしたことがなせず、身悶《みもだ》えするように苦しんでいる芹沢を見ると自分が慰めることができるのであれば、とも思ってしまう。

芹沢はぽつりとつぶやいた。

「わたしはいつもこうだ。最後の最後でうまくいかぬ」

そんな日が続いて、九月に入ったある朝、総司は芹沢からついて来るように言われた。

こんな朝から酒でもあるまいと思うと、芹沢は、声をひそめて、

「本圀寺に行く」

と告げた。

「また、あの方たちに会うのですか」

総司は武田耕雲斎と藤田小四郎の名をあげずに言った。ふたりとも水戸尊攘派の大物だけに、新たに新選組となった浪士組の屯所《とんしょ》では名を口にしにくい。

芹沢は頭を振った。

「いや、ふたりとも五月には江戸に戻ったそうだ。だが、その後、どのようにされているか本圀寺にわたしへの書状が届いたらしい。それを見に行く」

芹沢は手紙の内容に期待していないらしく翳《かげ》りを帯びた顔つきで言った。

総司はうなずいて芹沢に従った。

芹沢は本圀寺に行く道すがら、

「知っているか、今年の四月に清河八郎は江戸で殺されていたらしい」

と話した。

「清河さんが――」

総司は目を丸くした。

清河は江戸に帰った後、幕府から浪士組と切り離された。そのため同志を集めて横《よこ》浜《はま》外国人居留地の焼き打ちを行おうとしていた。

だが、四月十三日に江戸麻布《あざぶ》、一《いち》の橋《はし》で幕府見廻組《みまわりぐみ》佐々木《ささき》只三郎《たださぶろう》らによって暗殺された。

「わたしが言った通りになった。馬鹿な男だと思ったが、長州が京から追い落とされてしまうと、わたしもさほど清河と違うところにいるわけではない」

芹沢は苦笑した。やがて本圀寺に着くと門衛はすぐに奥の建物に通した。芹沢と総司が待つほどに水戸藩士が書状を持ってきた。

「ここにて見ていただき、お持ち帰りにならぬようにとのことです」

藩士に言われて、芹沢はうなずくと書状を開いて読み始めた。

やがて芹沢の目に光が宿った。

思わず、芹沢はつぶやいた。芹沢は書状を巻き戻して藩士に渡した。そして、

「この部屋でしばらく話してから辞したいがよろしいか」

と藩士に訊いた。

「ご随意に」

藩士は答えて部屋から出ていった。

芹沢はしばらく考えてから総司に顔を向け、口を開いた。

「藤田小四郎殿は江戸で長州、鳥取《とっとり》藩有志らと会合し、東西呼応して攘夷のための挙兵を策しておられるそうだ」

実際、小四郎はこの策を武田耕雲斎に伝え、時期尚早として軽挙を戒《いまし》められるが、同志を糾合して翌、元治元年（一八六四）三月二十七日筑波山《つくばさん》に挙兵する。いわゆる、

——天狗党の乱

を起こすのだ。

「その決起のために有栖川宮熾仁《たるひと》親王を擁したいと藤田殿は考えている」

総司は息を呑んだ。

「有栖川宮《ありすがわのみや》様か——」

熾仁親王は三条実美と並ぶ親長州派として知られ、攘夷別勅使《べつちょくし》に補任されていた。

このころ朝廷は横浜港を鎖港するよう幕府に求めており、このことがなかなか実行されないため有栖川宮を督促の勅使として派遣することが決まっていた。

三条実美ら尊攘派公卿が長州に落ち延びたいま、尊攘派が擁することができるのは有栖川宮しかいなかった。

「藤田殿はわたしに有栖川宮を護衛して江戸に下り、ともに攘夷の決起に加わって欲しいと言ってこられた」

芹沢は精悍《せいかん》な表情になって言った。

「それは天狗党に戻られるということですか」

「そういうことになる。浪士組、いや新選組は近藤、土方両君にまかせればいいだろう」

「では、わたしは江戸に連れていってもらえないのですか」

芹沢は笑った。

「近藤さんは君を手放すまい」

では、芹沢は遠くへ行ってしまうのだ。

それは、嫌だ。

総司は芹沢を見つめた。

九月十三日――

芹沢は、総司や土方たち隊士十五人を引き連れて有栖川宮熾仁親王の邸を訪れた。

あらかじめ申し入れておらず、熾仁親王に拝謁《はいえつ》することはかなわなかったが、

――御警衛、御用の儀御座候て何事に限らず、仰せ付けられたく願い奉り候

と認《したた》めた壬生浪士五十五人の名簿を家司《けいし》に提出しただけで芹沢は満足したように引き上げた。

有栖川宮が東下する際の護衛役を引き受けると申し出たことは伝わるはずだった。

壬生に戻ると、土方は総司を部屋に呼んだ。

「芹沢さんはどういうつもりなのだ」

土方に訊かれて、総司はそっぽを向いた。土方は意地悪く、

「そうか、総司も聞かされてはいないのだな」

と言った。総司は土方に顔を向けて、

「知っていますが言いません」

と答えた。土方は総司を見据《みす》えた。

「お前が言わなくともわかっている。芹沢さんは有栖川宮様について江戸へ下ろうと

いうのだろう。京にいては新見錦のように命が危ないゆえ、逃げ出そうという魂胆《こんたん》だ」

芹沢の腹心だった新見錦はこのころ不行跡《ふぎょうせき》を近藤派に咎められ切腹していた。冷酷な土方の言葉を聞いても総司は表情を変えない。

いつものように笑顔でごまかすこともしなかった。じっと土方を見つめるだけだ。

土方は苦笑した。

「実は会津藩から、芹沢さんを始末するように言われている。有栖川宮様と京を出る前に斬らねばならないのだ」

総司は唇を嚙んだが、何も言わない。

土方は声をひそめた。

「芹沢さんを斬るとなれば、お前の腕がいる。新選組で芹沢さんを斬ることができるのは、お前だけだからな」

どうだ、できるか、と土方は訊いた。総司は首をかしげて考えていたが、ふと口を開いて和歌を詠じた。

雪霜《ゆきしも》に色よく花のさきがけて散りても後に匂う梅が香

雪霜の中、他の花に先駆けるように鮮やかに咲いた梅は、たとえ早々と散っても、後に香りが残るだろう、という和歌だ。

土方は訝《いぶか》しそうに訊いた。

「なんだ、それは――」

総司は笑顔で答える。

「芹沢さんが投獄されていたときに、詠《よ》んだ辞世の和歌ですよ。酒席で教えてもらいました」

「その和歌がいまの話と何の関わりがあるというのだ」

総司はふふ、と笑った。

「芹沢さんは、もう辞世の和歌まで作っている。死ぬ支度はできている、ということですよ」

総司の言葉には感情がこもっていなかった。

土方はたしかめるように訊いた。

「お前はそれでいいのか」

総司は澄んだ目で土方を見返した。

「どちらにしても芹沢さんはいなくなるんです。同じことじゃありませんか」

総司の心は渇いていた。

こうして十六日になった。

雨が降り続いている。

総司がなおも縁側で庭を眺めていると、土方がかたわらに来て、

「おい、角屋《すみや》に行くぞ」

と声をかけた。すでに夕刻だった。

総司は無言で立ち上がる。

この日、新選組の総会が島原の角屋で開かれることになっていた。

八月十八日政変での出動の慰労のためだったが、芹沢は有栖川宮の東下を護衛することを告げるつもりだった。

総司は土方とともに角屋に向かった。すでに芹沢は平山五郎たちとともに先に着いていた。

やがて近藤が遅れて来る。土方は座を取り持って、皆に酒を勧めた。

呼ばれた芸妓《げいこ》たちが脂粉《しふん》の香りとともに嬌声《きょうせい》で座をにぎわした。

芹沢が話の口火を切ろうとする隙を与えない。酒がまわるにつれ、一座は乱れて、
有栖川宮護衛の話をするのは不謹慎だと思った芹沢は口を閉ざした。

それを見て、土方は一同にさらに酒を勧めてまわった。

酒がまわったのか、芹沢は中座すると、平山五郎、平間重助《ひらまじゅうすけ》とともに壬生へ帰った。土方と総司も一緒についていく。

壬生に着いた芹沢たちは、八木家の本宅の部屋を借りて酒を飲んだ。土方と総司もこれにつきあった。

芹沢は先の見通しが立ったからなのか、上機嫌だった。

そこにあらかじめ呼んでいたらしい女たちがやってきた。平山の馴染みの桔梗屋《ききょうや》の遊女、小栄《こえい》と平間の馴染みの輪違屋《わちがいや》の遊女、糸里《いとさと》、それに芹沢の愛妾だと噂される梅だった。

梅は壬生浪士組に隊服を納めている四条堀川《ほりかわ》の呉服商菱屋《ひしや》太兵衛《たへえ》の妾だという。太兵衛は隊服の代金の取り立てに番頭を遣ってもはかばかしくないことから、梅に行かせた。

梅は、元は島原のお茶屋にいた芸妓で、菱屋に落籍《ひか》され、その妾となっていたらしい。

年は二十二、三で涼しい目をして口元が引き締まった美人でしかも愛嬌があった。

太兵衛に言われて壬生に通ううち、なぜか芹沢と深い仲になっていた。

芹沢が梅を手籠《てご》めにしたのではないか、などと噂されたが、壬生に通ってくる梅の様子にはそんな暗さは見られない。

惚れた男のもとに通う女のつやめきだけがあった。

総司は梅が座敷に入ってくると、すっと立ち上がった。

部屋を出ていく総司に梅が、何となく、

「沖田先生――」

と声をかけたが、総司は振り向かない。そのまま八木家の本宅を出て屯所に戻った。

まだ雨が降っている。

しかし、総司は肩先が濡れたのも気にせず、部屋に入ると、行燈《あんどん》の明かりを灯した。

刀をとって目釘《めくぎ》をたしかめる。行燈の明かりで刃をじっと見つめた。

白々と輝く刃を見ていると、総司の表情は落ち着いてきた。

これから芹沢を斬るのだ、と思った。

寝静まってから襲うことになるだろうが、その時には梅が芹沢のそばにいるに違いない。

「嫌だな」

総司はぽつりとつぶやいた。

酔った芹沢は梅たちとともに庭に面した十畳間に入った。中央に屏風《びょうぶ》を置いて庭に近い方に芹沢と梅、屏風を挟んで平山五郎と小栄、玄関脇の四畳半に平間重助と糸里が寝た。

土方は芹沢たちが寝るのをたしかめてから、八木邸を出た。屯所にしている前川《まえかわ》邸に戻ると、待機していた山南敬助、原田左之助《はらださのすけ》に声をかけた。

「寝静まってからだ」

土方がさりげなく言うと山南と原田はうなずいた。

「沖田は？」

土方が訊くと、原田があごで奥の部屋をさした。土方はそのまま奥へ向かった。

総司の部屋の障子に手をかけ、

——入るぞ
と言うと、どうぞ、と答えがあった。土方が入ると総司は行燈に向かって刀をあらためていた。土方は座って、

「芹沢さんが寝るのを待つ」

　と言った。総司はそれには答えず刀身を見つめたまま、

「ところで、わたしたちは何の罪で芹沢さんを斬るのですか」

　と訊いた。土方は眉をひそめた。

「局を脱するを許さず、という法度に背いたからだ」

「なるほど。ですが、法度には士道に背きまじきこと、ともあります。寝込みを襲うのは士道に背きませんか」

　土方の目が光った。

「何が言いたいのだ」

「知ってますか。芹沢さんが士道に背くなと法度に入れたのは、近藤さんと土方さんに守らせるためですよ。おふたりとももともと武士ではありませんから。芹沢さんはそのことを案じたのです」

　総司は刀を鞘に納めながら淡々と言ってのけた。

「あのひとは、そんな堅苦しいことを言っているから、おれたちに斬られることになったのだ」

　土方はひややかに言った。

「ですが、浪士組の士道は芹沢さんが守ってきた。あのひとを斬ればわたしたちは、ただの人斬りになりはしませんか」

「おれはそれでいいと思っている。もともと身分のないおれや近藤さんがのしあがるのは人斬りとしての道だけだろう」

土方は含み笑いして言った。

時がたってから、土方は、行くぞ、と声をかけた。沖田は迷わず立ち上がった。部屋を出るといつの間にか山南と原田がついてきた。屯所と八木邸はすぐそばだ。総司たちは雨に濡れながら八木邸の庭に入った。

総司は忍び足で縁側にあがった。夏のことで、雨戸は立てていない。障子に耳を近づけて寝息をうかがった。いびきが聞こえる。

だが、総司は首をかしげた。

芹沢はすでに気づいているのではないか。梅を揺り動かす気配があった。囁《ささや》くような、

——逃げろ
という声が聞こえた。総司は障子《しょうじ》に手をかけると無造作にがらりと開けた。

「芹沢さん、わたしです」

「沖田君か――」

芹沢は笑った、同時に裸身のまま脇差で斬りつけてきた。

総司の頬《ほお》を刃がかすめた。

芹沢の動きは豹《ひょう》のように敏捷《びんしょう》だった。

総司の抜き打ちをかわし、なおも脇差を振るった。土方が総司のわきから斬りつけるのを脇差で弾き返した。

この間、土間を抜けて十畳間に飛び込んだ山南と原田が平山に斬りかかる。女たちの悲鳴が上がった。

芹沢は、こっちだ、と叫ぶなり縁側を通って隣の部屋に入った。

追いかけた総司が振り上げた刀が鴨居《かもい》に当たった。

「沖田君、狭い部屋では突きしかできぬといつか教えたはずだぞ」

芹沢は余裕綽々《よゆうしゃくしゃく》で言った。

「芹沢さん、もうあなたに教えてもらうことはありません。今夜からわたしはただの人斬りですから」

総司は気合も発しないで突いた。芹沢はかわしたが、裸身をかすめた刃で脇腹に傷を負った。

その傷をものともせず、芹沢は脇差を振るって斬りかかる。

総司は刀で受けたが、狭い部屋の中では大刀は振るいにくい。暗闇だけにどこに何があるかもわからない。

総司は突きの構えをとった。芹沢も脇差を正眼に構える。

そのとき、梅の声がした。

――芹沢先生
芹沢はうろたえた。

「逃げろと言ったぞ。なぜ逃げぬ」

総司と土方を隣室に引き寄せたのは、梅を逃がすためだった。

「いやどす、死ぬなら芹沢先生と一緒に死にとうおす」

梅は芹沢にすがりつこうとした。

「よせ――」

芹沢は梅を突き飛ばした。

梅は畳に倒れた。

真っ暗な部屋だが、梅の夜目にも白い素裸が浮かび上がった。

総司は梅の裸身を見て、かっとなった。

「女――」

　叫びながら梅を突こうとした。だが、その前に総司は手ごたえを感じた。

芹沢が梅をかばって身を投げ出していた。総司の刀は深々と芹沢の胸に突き刺さっていた。

「芹沢さん、あなたというひとは何をするんだ」

　総司は泣き顔になってうめいた。

　芹沢は荒い息をしながら、

「女は殺すな。頼む――」

　と言った。総司は頭を振りながら、刀を抜こうとした。

　だが、芹沢は脇差を捨てると総司の両腕をつかんだ。

　芹沢はぐいと体を押しつけてくる。

　刀がさらに深く刺さった。

「芹沢さん、あなたはそこまで女をかばいたいのですか」

　総司は涙を流しながら言った。

「違うさ。沖田君に女を斬らせたくないのだ。人斬りになっても女は殺すな」

　あえぎながら、芹沢は言った。

「人斬りは人殺しです。同じことです」

総司は激しく頭を振った。芹沢の胸から流れる血が総司の腕を濡らした。

「違うのだ。人殺しとわれらは違う」

芹沢は総司の肩に手をかけ、抱きしめた。

「沖田君、わたしは斬られるなら、君がいいと思っていた」

芹沢は総司の耳元で囁いた。

「芹沢さん――」

総司は目を閉じて刀に力を入れた。刃が芹沢の体を突き抜けた。

もはや、芹沢は死ぬだろうと思った。

芹沢も最後の力を振り絞るようにして総司を抱きしめて、

「君がいいと思っていた。君がいいと――」

とかすれ声で言った。同時に芹沢は血を吐いた。

総司は刀を引いた。芹沢は立っていられなくなり、ずるずると畳に倒れた。

「芹沢先生――」

梅が倒れた芹沢にすがった。その瞬間、土方が梅の背中から刺した。

梅はうめいて芹沢にすがったまま息絶えた。

土方は倒れている芹沢にも止めを刺した。

「一緒に死なせてやるのが功徳《くどく》だろう」

土方がつぶやくと、総司は刀を捨てて、庭に転がり出た。

雨に濡れながら、跪《ひざまず》いた。

何も考えられなかった。ただ、芹沢の笑顔だけが脳裏に浮かんだ。

ふと、手を見た。暗くてよくわからないが、芹沢の血で染まっているはずだ。

雨に向かって手を差し出した。芹沢の血を洗い流したい。

だが、雨に手をさらすと、ひりひりとした痛みが走った。たったいままで芹沢に抱きしめられていた肩や腕が焼け付くように痛かった。

（どうしてこんなことに——）

総司は手を下してうつむいた。すると、体の奥から何かが湧き出てくるのを感じた。

涙があふれてくる。

——悲しい
総司は胸の底からの感情に揺さぶられた。

芹沢が死んで悲しい。

そう思って、はっとした。いままで感情など抱いたことはなかった。

だが、芹沢を死なせた後、胸にあふれているのは、たしかに悲しみの情だった。

芹沢さん

わたしはあなたを殺して

悲しみを

初めて知りました

総司はいつまでも雨に打たれながら慟哭《どうこく》していた。

この夜、平山五郎も斬殺された。別室にいた平間重助は逃亡し、小栄と糸里も難を逃れて姿を消した。芹沢と平山の殺害は長州藩士の仕業《しわざ》とされ、十八日に神式に則《のっと》った盛大な葬儀が執《と》り行われた。

翌元治元年（一八六四）三月、筑波山で挙兵した藤田小四郎は、その後、武田耕雲斎を首領として西上、京を目指した。

在京していた一橋慶喜に訴え、苦境を脱しようとしたのだ。だが、越前新保《えちぜんしんぼ》で加賀藩に降《くだ》り、幕府に引き渡された。

慶応元年（一八六五）二月四日、藤田小四郎たち天狗党は越前敦賀《つるが》の海岸で斬罪に処せられた。

芹沢鴨は壬生で斬られなかったとしても、小四郎たちとともに海辺で斬首されていたに違いない。

戦いを避ける

門井慶喜

元治《げんじ》元年（一八六四）六月五日、亥《い》の刻《こく》（午後十時）すぎ。

新選組局長・近藤勇《こんどういさみ》は、先斗町《ぽんとちょう》から三条通《さんじょうどおり》へ出て、左へまがり、道の北側に立つ旅籠《はたご》・池田屋《いけだや》の戸をほとほとと叩いた。

戸がひらき、

「へえ、なんぞ」

顔を出した四十がらみの男は、池田屋のあるじ、惣兵衛《そうべえ》だろう。近藤はゆっくりと左右を見てから、

「御用改《ごようあらた》めじゃ。そのほう、ここへ不逞《ふてい》の浪士をかくまってはおらぬだろうな」

「…………」

あるじの顔、ありありと血の気が引いた。

（えっ）

近藤は、かえって目をぱちぱちさせて、

「まことか？」

思わず、うしろを見た。

あしたは祇園祭《ぎおんまつり》の宵山《よいやま》というのに、通りには人の往来はほとんどない。最近とみに頻発《ひんぱつ》している辻斬り、強盗、悪質な客引きをおそれて家にひっこんでいるのだろう。近藤の目に入ったのは、沖田総司《おきたそうじ》、永倉新八《ながくらしんぱち》、藤堂平助《とうどうへいすけ》、武田観柳斎《たけだかんりゅうさい》たち九名の隊士。

全員、目を光らせている。

――功名の、絶好の機会。

と言わんばかりの、ほとんど歓喜の顔をしている。近藤は、

（こまる）

狼狽《ろうばい》して、あるじのほうへ向きなおり、

「いや、失礼した。まさかこの旅籠にはおらぬであろう。わしらは去る。火の始末に気をつけろ」

とか何とか言って戸を閉めようとした。

が。

あるじはもう錯乱《さくらん》している。顔をひっこめて、屋内へ、

「みなさま、御用改めでございます。はよう、はようお逃げなさいまし」

割れんばかりの大声である。近藤は、

「ば、ばか」

あるじの襟《えり》をつかんで引きずり出し、こちらへ体を向かせて、ぶん殴った。あるじは白目をむいて路上にのびたが、時すでに遅し。ばたばたと二階から男どもが下りてくる。なかには月代《さかやき》を剃《そ》らぬ者もあり、むやみと長い刀をさしている者もあり、どうみても不逞の浪士だった。

背後でシャシャと小気味いい音が立つ。九名の隊士が刀を抜いたのだ。

(やむを得ぬ)

近藤はため息をつき、部下のほうを向いて、

「総司、新八、平助はわしとともに屋内へふみこむ。ほかの六名はここを固めよ。こぼれ出てくる敵をのがすな」

「生け捕りですか？　斬りますか？」

聞いたのは、武田観柳斎。いまだ入隊半年の新参者ながら、年をくっていて、はやくも態度が幹部同然なので評判の男だった。近藤はみじかく、

「斬れ」

命じるや否や、まっさきに戸のなかへ飛びこんだ。

戸のなかは、炊事場である。

左の壁にそって竈《かまど》がならび、右のほうに流しがある。そのあいだの土間へ浪士どもが正面からなだれ落ちてくる。近藤は刀を抜き、こちらからも階段を二、三段のぼり、最初の敵と対峙《たいじ》した。

敵は足をとめ、腰を落とした。下段ふうにかまえつつ近藤を見おろしている。

頬《ほお》がふっくりと童《わらべ》じみているあたり、どこかで見た顔だと近藤は思った。京都所司代《きょうとしょしだい》の出した人相書のなかの、そう、

(土佐《とさ》脱藩、北添佶摩《きたぞえきつま》か)

北添は、農家の出身。生家の庄屋を継いだものの時勢にめざめ、脱藩して、おもしろいことに蝦夷《えぞ》(北海道)を周遊した。

外国船の攻撃から日本をまもる、いわゆる攘夷《じょうい》海防の実際をまのあたりにするためという。帰国後は京にひそんで過激派志士とまじわりを持ち、武力蜂起の機をうかがっている。

要するに、大物中の大物である。ここで討ち取れば、まちがいなく手柄《てがら》としては、

（第一等）

かりに北添その人でなかったとしても、この土壇場でまっさきに階段を下りてくるほどの剛《ごう》の者《もの》なら、その首は、やはり狩るに値する。

「来い」

そう言って、近藤は待った。刀は片手でぶらさげている。

「やっ」

という気合いの声とともに、敵は、下段のまま突きおろして来た。近藤はやすやすと刃を合わせる。膂力《りょりょく》がちがう。敵の体勢がみだれたところへ二段とびに駆けあがり、敵のひざもとへ身を入れた。

横腹が、目の前である。これを一突きすればもう、

（こいつは、死ぬ）

いつもなら突くところだった。がしかし近藤は、綿毛《わたげ》でもなでるように鍔元《つばもと》でふれるのみ。敵が、

「あっ」

顔をゆがめ、身をねじる隙《すき》にさらに二段はねあがり、背中を蹴った。

だだだっという太鼓を連打するような音とともに敵の体がすべり落ちる。落ちる先

には沖田総司がいたけれども、ちょっと脇へどいたため、敵はさらに転落して階段の下でようやく止まった。土間の上に、なかばあおむけになっている。

沖田がふりかえり、とどめを刺しに行こうとするのへ、

「よせ、総司」

声をかけると、沖田はこちらを見て、信じられないという顔をして、

「なぜです」

「来いっ」

近藤は、ふたたび階段の上を見た。

上がった先には、廊下が左右にのびている。近藤がそこへ片足をかけたとたん、左右から同時に、白刃《はくじん》がふりおろされた。

（ふん）

むろん、予想している。のけぞるだけで白刃はかんたんに目標をうしない、おたがい衝突して火花を散らした。あたりがうすぐらいので、火花はほとんど炎に見える。

廊下には四、五人の浪士がかたまっている。事前の情報によればこの宿にはぜんぶで二十数名が集合しているはずだけれども、あとの連中は、

（どこにいるのか）

視覚というより、嗅覚《きゅうかく》でさがした。おそらく閉められている襖《ふすま》のむこう、部屋のなかにいるのだろう。どちらにしろ、近藤の体が完全に二階へ上がったとき、敵は左にふたり、右に三人。

全員、こんどは仕掛けてこない。

うっかりしたら同士討ちになりかねぬことを先ほどの一動作で知ったからだろう。近藤がおもむろに左右へ視線をくばる。そのつど敵の体がかすかにゆれる。その場の空気は、あっというまに近藤ひとりが支配してしまった恰好だった。

近藤には、日常のこと。

ちょっと左へ体をずらした。あいた空間へそっと沖田が上がってきて、体を右に向ける。近藤は左に向けて、

「浪人。名を名乗れ」

敵のひとりは、中段のかまえのまま、

「松田重助《まつだじゅうすけ》」

(また大物か)

近藤は、ため息をつきたくなった。厳密には、これは浪人ではない。

松田重助は、れっきとした熊本藩士なのである。藩士でありながら十一年前、浦賀《うらが》

沖での黒船来航に感じるところあり、尊攘運動に身を投じた。

その活動は放縦《ほうじゆう》をきわめ、幕府を愚弄《ぐろう》するところが大きかった。事実上、一介の浪人にひとしいのだが、そこはそれ、やはり正式な藩士を処分したというのは世間の受ける衝撃がちがう。ひとり熊本のみならず、長州《ちようしゆう》や薩摩《さつま》をふくむ西国諸藩全体の政局にも大きな影響をあたえるだろう。

その松田。

微動だにしない。石になったように中段のかまえを持している。そういう戦法をえらんだのではなく、ただ単に、おのれの剣技に、

(自信が、ないのだ)

近藤は足をふみだし、むぞうさに両腕を前にのばした。

切っ先がコツリとのどぼとけにぶつかった。これであとほんの少し、米粒をころがすほどの力を加えれば、それで松田はくたりと死体になるのである。

が、引いた。

「またですか近藤さん」

背後の沖田が、声を高くした。この男にはめずらしい、極度に興奮した調子で、

「何してるんです、さっきから。なぜ仕留めない」

「…………」

近藤は、返事しなかった。

あるいは、できなかった。雑魚《ざこ》はともかく、大物は、

(斬りたくない)

などという本心をこの戦場であかせるはずもないのである。

むろん、斬るべきことはわかっている。尽忠報国《じんちゅうほうこく》、尊王攘夷の美名のもとに幕政批判をくりかえし、要人を暗殺し、それだけならまだしも彼らはさらに大胆な計画を立てている。京の街に火をかけ、混乱に乗じて天子を拉致《らち》して、

——長州に動座したてまつる。

斬殺の上、首級《しゅきゅう》を三条河原《さんじょうがわら》にさらしてもなお足りぬ。敵はそんな連中だった。近藤がここで気にしているのは、斬ること自体の可否ではない。

誰が斬るか、その一事にほかならなかった。自分や、沖田や、ほかの隊士ではなく、

(周平《しゅうへい》)

近藤は、わが子の名を内心で呼んだ。この新選組はじまって以来の大捕物、日本政治史そのものの切所《せっしょ》において、ぜひとも彼に手柄を立てさせたかったのだ。

私情ではない。それが幕府のためであり、ひいては、

(皇国《こうこく》の、ためになる)

その周平は、いま。

まだ鴨川《かもがわ》の向こうにいるだろうか。副長・土方歳三《ひじかたとしぞう》ひきいる二十四名の別部隊の一員として、祇園の茶屋、旅籠、貸座敷などをしらみつぶしに当たっているはずだった。事前に得た情報によれば、今回の敵は、ほぼまちがいなく、

――そちらのほうに、潜伏している。

ということだったのである。実際、これまで、ことに長州系の浪士たちは祇園の越《えつ》房《ぼう》、井筒《いづつ》、嶋田屋《しまだや》といったような店で密会をくりかえしていた。

ところが、あにはからんや。

今回にかぎり、この池田屋にいた。敵も裏をかいたのだろうか、あるいは祇園へ出る余裕すらなかったのか。土方隊に手柄をやろうという配慮はぜんぶ、

(無駄になった)

むろん、土方たちも鈍感ではない。空籤《からくじ》を引いたと知ればただちにこちらへ来るだろう。しかし来るには鴨川を西へわたり、四条通を北に折れ、まっすぐ三条通へ出なければならず、へたをしたら四半刻（三十分）もかかってしまう。京の街路はこんな

とき不便だった。碁盤《ごばん》の目状《め》でわかりやすいが、それだけに、ななめに道をつっきって近道することができない。つねに最長距離を強いられるのである。

「はやく来い。周平！」

近藤は、つい口に出した。

目の前には、松田重助がいる。びくりと肩をはねさせたのは、あるいは二の太刀が来ると思ったのか。

いまだ中段のかまえを持したまま、うさぎのような目で近藤の動きを待っている。

近藤は近藤で、

（斬りたくないが、逃がしたくない）

進退に窮している。

†

周平は、近藤勇の実子ではない。

養子だった。出会ったのは去年の秋。ちょうど新選組結成以来の局長である芹沢鴨《せりざわかも》とその一派をまとめて暗殺した直後で、近藤は、欠員補充の必要があった。

——よき人材あらば、申し出るように。

と隊内に通達したところ、副長助勤のうちのひとり、原田左之助《はらださのすけ》という種田流の槍の使い手が、

「若先生」

近藤の部屋に来て、

「俺の師匠たちは、どうかな。槍はもちろん剣もつかう。戦力になると思う」

「師匠、たち？」

「兄弟なんだ。谷三十郎《たにさんじゅうろう》、万太郎《まんたろう》っていう。兄者のほうが数が小さい。ともに大坂で道場をひらいている」

近藤は、腰がかるい。

「見に行こう」

はやくも立って歩きだした。

谷道場は、南堀江町《みなみほりえちょう》にある。

この町は大坂湾のちかく、日本中の物資の集散地で、荷受問屋、炭問屋、船具問屋などの巨大な蔵が道の両側にならんでいる。そのなかのひとつ、酒問屋の蔵の二階にその道場はあった。

近藤が原田とともに梯子段《はしごだん》をのぼり、なかへ入ると、長兄の谷三十郎が、

「やあやあ、左之助はん。ひさしぶりやな。こちらが近藤はんですか。ええ、ええ、おうわさはかねがね聞いとります。大した稽古《けいこ》もしてまへんが、ほなら、ゆっくり見とくなはれ」

年は近藤のひとつ下、ちょうど三十という。いかにも大坂者らしく、武士なのに町人的に愛想がよかった。

「かたじけない」

近藤は、道場へ足をふみいれた。幅三間、長さ六間ほどの空間で、五、六人ほどの男たちが防具をつけ、竹刀《しない》をかまえ、元気よく声をあげつつ打ちあっている。近藤は即座に、

(だめだ)

来たことを後悔した。

ほんとうに大したことがない。大坂というのは地震がなく、豪雪がなく、飢饉《ききん》の年でも諸国の物産がふんだんに買える土地だから、そこに住む人々は、

——気が、ゆるゆるじゃ。

などという評判はかねてから耳にしていたけれども、それは正しいらしかった。ど

いつもこいつも元気いいのは声だけで、かんじんの足の踏み音は、猫にも劣るやわらかさ。

谷三十郎は近藤の横に立ち、門人たちへ慈愛の目を向けながら、

「わしはもともと、大坂やあらへん。備中松山《びっちゅうまつやま》の出でしてな」

自己紹介をはじめた。近藤の返事は、

「はあ」

われながら曖昧《あいまい》である。

近藤自身は武蔵国上石原村《むさしのくにかみいしはらむら》の生まれ育ちで、じつのところ、西国の地名はぴんと来ないのだ。あとで思うと滑稽なのだが、

「ああ、伊予国《いよのくに》の」

と言ってしまった。三十郎は苦笑いして、

「そっちやあらへん。備中松山や。お城もあります。臥牛山《がぎゅうざん》のいただきに立ちます故、真冬の朝はやくなど、天守の下に雲がいちめん広がるのは天下の奇勝。ぜひいちど見に来たらよろしい。もっとも」

と、にわかに三十郎の顔がくもった。近藤がつづきを待っていると、

「もっともわしは、道案内はでけへんが」

「なぜです」

「わしはそこの藩士やったが、お役目の上のちょっとした行きちがいで、おとりつぶしに遭《あ》いましてな。それで弟ふたりとともに国を出て、この大坂へ来たしだいです」

「それはそれは」

「幸いにも、わしは直心流《じきしんりゅう》の剣術が、上の弟の万太郎は種田流の槍術が、それぞれ得手《えて》なものやから、こうして道場をひらいて何とか食っておりますよ。ははは」

最後の笑いは、屈託がない。むしろ快事と言わんばかりである。藩士時代よりも生活がゆたかになったということなのだろう。

原田左之助が口をはさんで、

「俺もはじめは、ここで万太郎さんに槍をならったんだ。しかし一度は江戸に出たいなあと思ってね、出たら小石川小日向柳町《こいしかわこびなたやなぎちょう》に天然理心流《てんねんりしんりゅう》・試衛館《しえいかん》の道場があったってわけさ。あんたの道場がね、若先生」

「なるほど」

返事しつつ、近藤は、なかば上の空である。彼らの身の上ばなしなど、

(どうでもいい)

そんな気になっている。三十郎のほうを向き、ずばりと言った。

「その得手の剣を拝見したい」

「いや、ちょっと」

三十郎は顔をしかめ、右の腰をさすりながら、

「あいにくと、ここを痛めておりましてな。二、三日で癒《い》える思うが、いまは不本意や」

「ふうん」

近藤が鼻白《はなじろ》んだのと、背後から、

「御免」

声が来たのが同時だった。

ふりむくと、戸口のところに男がふたり立っている。三十郎はそちらへ行き、うれしそうに、

「こら、ええ塩梅《あんばい》や。わしの弟たちです。阿波座《あわざ》まで出稽古に行っとったんですわ。こっちが、上の弟の万太郎。兄の口から言うのも何やが、槍の腕は、千石《せんごく》ものと評判です」

「よろしく」

万太郎が頭をさげた。千石ものとは、それだけ出して召し抱えるに値するという意

味なのだろうが、見たところ強そうでもない。下ぶくれの頰はどちらかというと商家の番頭ふうである。

近藤も点頭《てんとう》して、

「よろしく」

「そして、これが」

長兄はもうひとりの男の横へ行くと、ぽんぽん肩をたたきながら、

「下の弟の喬太郎《きょうたろう》、まだ十七歳やが、剣をつかいます。さあさあ、お前たち、お客はんへの馳走《ちそう》じゃ、ひとつ立ち合《お》うてみせとくれ」

「おいおい。槍と刀で？」

近藤が眉をひそめると、長兄はあっさり、

「はい」

(まいったな)

近藤は、いよいよ京へかえりたくなった。なるほど実戦でもあり得ることだが、いま近藤が見たいのは槍なら槍の、剣なら剣の、まじりっけのない実力なのだ。

あるいはこれも、大坂流の歓待なのか。とにかく原田左之助が審判役を買って出て、道場の中央にすすみ、

「勝負、五本」

と宣言した。

つまり一本勝負にはしなかった。近藤がじっくり見られるようにとの配慮だろう。

宣言に応じ、左右から万太郎と喬太郎がそれぞれ進み出る。どちらも胴、小手の防具をつけ、面金《めんがね》をつけているため表情はわからない。ほかの門人は、みな壁ぎわに正座した。

近藤は、三十郎とともに原田のむかいがわに立った。原田が手をかざし、

「はじめっ」

兄弟は、ぱっと跳びしさった。

じゅうぶん間合いを取りつつ、次兄・万太郎はタンポをつけた槍をしごき、末弟・喬太郎は竹刀を下段にかまえている。

そのまま動くことをしない。おたがい手合わせには慣れているはずだが、そこはやはり、近藤の目が気になるのか。いっぽう近藤は近藤で、若いころ、師であり養父である天然理心流先代・近藤周助《しゅうすけ》におそわったことを思い出している。

――槍と剣との対決はな。

と、師は言ったものだった。

――最初の一太刀は、槍のほうが分《ぶ》がいい。

なぜなら、射程が長いからである。これはもう物理的な差でどうしようもない。だがそれが不発に終わったら、こんどは刀のほうが有利になる。機敏さで上まわるのはもちろんのこと、長く使っても疲れにくいからだ。

すなわち、決め手は第一撃である。この立ち合いは、

(どうかな)

最初に動いたのは、槍の万太郎だった。足の踏み音も高らかに、

突き

突き

突き

と稲妻のように繰り出した。三段とも、正確に喬太郎の心ノ臓をねらっている。

「ほう」

近藤は、唇をすぼめた。

千石ものという評判はだてではない。まるで槍そのものが伸縮しているかのようだった。

喬太郎は、ひるまない。

ふみとどまって竹刀の鍔元で左右に払う。かつかつと乾いた音がひびく。三度目に払ったとき、

「いやあっ」

と、攻撃に転じた。大またで右足をふみだしたのだ。ふところへ飛びこむことができれば、十中八九、剣が勝つ。

そこは万太郎もわかっている。うしろへ軽やかに跳躍した。喬太郎の胴打ちは空振りに終わり、ふたりの距離はふたたび長くなった。万太郎の槍、すでに四度目の突きに出ている。

穂先がまっすぐ喬太郎ののどへ向かう。喬太郎は、まだ姿勢が前のめりだった。

(決まった)

と、近藤は思った。

が。

喬太郎は、信じられない行動に出た。

前のめりのまま腕をのばしたのである。つぎの瞬間、のどを突かれ、ガクリと頭をのけぞらせたかと思うと、うしろへ三間すっとんだ。

だあん

と派手な音を立てて床にあおむけになる。手足がだらりと動きを止めた。

「おいっ」

近藤は、駆け寄った。喬太郎は白目をむき、口から泡をふいている。のどぼとけが、赤くつぶれていた。いくら槍がタンポつきでも、このまま放置したら息ができず、

(死ぬ)

近藤は頭の先へまわり、両ひざをついた。手ぎわよく面金をはずしてやり、両手を肩の下にさしこんで、ぐいっと上体を起こしてやる。

喬太郎の後頭部が、弧を描いて前へ垂れた。

近藤は、耳を鼻に近づけた。たしかに、す、す、と息をしている。審判役の原田のほうへ目をやると、原田は、たかだかと左手をあげていた。

「一本、喬太郎」

門人たちが、ざわついた。彼らの凡眼には予想外だったのだ。むろん万太郎はわかっているのだろう。のどを突く直前、一刹那《いっせつな》の差で、喬太郎の二度目の胴が入っていたことを。

だから立ったまま、槍を縦にして、

「かたじけない」

原田に一礼し、体の向きを変えて喬太郎に一礼した。近藤はそれを見とどけると、ふたたび喬太郎の処置にかかった。

「活《かつ》！」

声とともに、両肩をぐいっと引いた。

と同時に、ひざで背中を押してやる。喬太郎は首をのけぞらせ、

「がっ、ががっ」

うがいのような音を立てて薄目をひらいた。意識をとりもどしたのである。もう、

（大事ない）

近藤は、立ちあがった。

ゆっくりと長兄の谷三十郎のほうへ歩いていく。原田がいたずらっぽく、

「あと四本ありますぜ。若先生」

「もういいよ」

と苦笑いで応じてから、近藤は三十郎へ、

「立派なものを見せてもらった。礼を申す」

ふかぶかとお辞儀をした。そうして丁重きわまる口調で、

「喬太郎殿と万太郎殿、ぜひ新選組であずからせていただきたい」

「あきまへん」

「えっ」

「わしも」

三十郎が、おのれの鼻を指さした。これには近藤も目をしばたたいて、

「三人みんな？」

「ええ」

「しかし……」

「ええ、ええ」

三十郎はわざと顔をしかめ、右の腰をなでてみせつつ、

「ここさえ癒えれば、弟たちなど、わしの敵ではない」

「道場は、どうします」

「たたむ」

即答した。谷三十郎、へらへらしているようでいて、この男なりに時勢への意志があるのだろう。少なくとも単なる贅六《ぜえろく》ではない。故郷を放逐《ほうちく》されたのも、ひょっとしたら、そんなところに事情があるのかもしれなかった。

喬太郎が、立ちあがった。

長兄の横へ来て、近藤へ、

「お世話になります」

声の裏で、まだ息がひゅうひゅう鳴っている。近藤はやわらかな口調で、

「おぬしなら、御用がつとまる。技はまだまだ荒けずりじゃが、実戦で本領が出る男と見た。覚悟はよいな」

「はい！」

（いい面だ）

近藤は、あたたかな気持ちになった。よく見ると、肌が白い。京の女のようである。おそらく失神していたせいではなく、生来の色なのにちがいなかった。

†

谷三兄弟は、こうして新選組に入隊した。

しかし道場をたたむことはしなかった。京にも出なかった。幕府将軍・徳川家茂《とくがわいえもち》がにわかに江戸城を出て、

――公武合体を推進する。

という名目で、大坂城に滞在しはじめたからである。いろいろと政治的難題もあるが、要するに、政局の中心である京に近いところで存在感を示そうというのだろう。

将軍が来れば、全国の浪士のまなざしも大坂に向く。

ことに過激な連中は、ふつうの市民をよそおって潜伏し、

――城に、火をかけよう。

だの、

――幕府要人を暗殺しよう。

だのいう地下活動に精勤《せいきん》することになる。

新選組としてはそれを未然にふせがねばならず、かといって新たな屯所《とんしょ》を設ける時間もないので、

「南堀江を、しばらく陣小屋とする」

近藤は配下にそう命じた。つまり谷道場を大坂支部としたのである。人員は三兄弟を常駐させたほか、京から数名を交替で派遣した。

近藤自身、しばしば京と大坂を往復した。その何度目かの大坂滞在時に、城から使いが来て、

——参上せよ。

という沙汰《さた》があった。呼出人は、岡崎《おかざき》某《なにがし》。城代付《じょうだいづき》の小役人である。

つまらない小言でも食らうのだろうか。

(面倒な)

と思いつつ登城すると、案に相違して、岡崎はひとりで大手口で待っていた。単なる案内役なのだ。

「ついてまいれ」

ついて行くと、大手門をくぐり、お濠《ほり》をこえ、桜門《さくらもん》を抜け、御殿へと入ってしまった。この城には天守がないので、御殿がすべての中心である。ひょっとしたら、この瞬間、おなじ屋根の下に将軍家茂もいるかもしれないのだ。

ただし通されたのは、玄関ちかくの一室だった。

陽光が、奥の障子戸からさしこんでいる。向かって左には床の間があり、それを背にして、男がひとり正座していた。

顔が小さい。四十代前半といったところだろうが、うしろに小姓《こしょう》をひかえさせているあたり、どうみても大身《たいしん》の旗本《はたもと》か、

(大名)

近藤はさすがに、心ノ臓があばれ馬になった。案内の武士は、

「板倉周防守様《いたくらすおうのかみさま》である」

とだけ言うと、さっさと退出してしまう。近藤はいよいよおどろいた。板倉勝静《かつきよ》、現役の老中《ろうじゅう》ではないか。

将軍家茂がわざわざ江戸から供奉《ぐぶ》させたという一事を見ても信頼の厚いことがわかる。まぎれもなく現今における国家の最高行政責任者である。

小さな顔がこちらを向き、

「近藤勇とは、そなたか」

「はい」

「まあ、すわれ」

口調は案外、気軽である。近藤はおもいきって進み入り、相手の正面、手をのばせば届く位置に正座した。

「無礼な」

とは、板倉は言わなかった。そういう性格でもあるのだろうが、それ以上に、この城はもともと拠《よ》るべき格式がないのだろう。将軍も、老中も、ほかの幕閣も、そこにいること自体が歴史の例外なのである。

「近藤よ」

板倉はパチリと扇子《せんす》を鳴らし、口をひらいた。

「呼び立てたのは、ほかでもない。浪花《なにわ》の警護はどのようになっているか、大樹様《たいじゅ》(将軍)からご下問ありし故《ゆえ》、申し聞かせよ」

「はっ」

近藤は、すらすらと口が動いた。新選組の隊士はつねに数名が滞在していること。毎夜、城のまわりを中心に巡回をおこなっていること。放火防止、辻斬り防止はもちろんながら、この街はことさら富裕の商家が多いので、強盗防止をも心がけていること。

「浮浪の徒は、とらえたか」

「いえ、まだ」

「隊士は、数名か」

板倉は、眉間にしわを寄せた。少ないと言いたいのだろう。近藤は急いで付け加える。

「そのほかに谷三兄弟という仲間があり、これは常駐しております。ふだんは南堀江町の酒蔵の二階において剣と槍の道場をひらいていますが、腕が立ち、大坂の地理や人気《じんき》にくわしい。もともとは備中松山藩の出身ながら……」
「ほう？」
板倉が、ぴくりと唇のはしを上下させた。意外に敏感な反応だが、
（ああ）
得心した。板倉勝静は、その備中松山藩五万石の藩主なのである。
伊予国ではなく備中国。その城の天守は山のいただきに立つというから、あるいは
この人は、足もとに雲の海のいちめんに広がるのを、
（見おろしたか）
想像した瞬間、近藤は、
「あっ」
思わず腰を浮かしてしまった。
いくら格式が問われぬにしても、これは唐突のふるまいである。小姓がたしなめる
目つきをした。板倉はわずかに首をかしげて、
「どうした？」
近藤は、世界がきゅうに明るくなった気がしている。背すじをのばし、この大名を
正視して、

「お願いの儀が」

「願い？」

「恐れながら」

平伏し、しかしすぐに身を起こして、

「いま申した谷三兄弟ですが、もともとは長兄の三十郎がご家中にあり、何らかの不始末をして放逐されたと聞いております。ここは寛大なおはからいにより、罪をゆるし、ふたたびご家中に」

「ふん」

板倉は、横を向いた。

露骨にいやな顔である。こうした嘆願は聞き飽きているのにちがいなかった。近藤はかまわず、

「長兄ではなく、三男を」

「ふん」

「喬太郎という十七歳の若者です。前途有望で」

「ならぬ」

「禄《ろく》が惜しいので？」

財政の窮乏は、どこの藩もおなじである。板倉はそっけなく、

「おぬしの口を出すことではない」

それはそうだろう。近藤はにやりとして、

「禄は、いりませぬ。それがしが面倒を見ます。殿様はいったんご家中に加えた上、あらためて、私にさしくだし願いたい。つまり養子」

「養子？」

「はい」

「何のために」

「大坂警備の人員をふやすため」

「ほう」

板倉は、ようやく興味をおぼえたらしい。こちらを向いて、

「それとこれが、どうつながる」

「拙者は、いつ死ぬか」

近藤は、堂々と述べた。自分はこの新選組局長という役目を拝している以上、いつ、どこで、誰に斬られるかわからない。闘死はもとより覚悟の上だが、死んだら、

——後事を、どうするか。

この問題が避けられないのだ。

局長職には、代わりがある。土方歳三か、沖田総司か、とにかく結党以来の同志のうちの誰かが就任すればいい。隊は動揺しないだろう。しかし近藤家はどうなるか。

これはもう、まちがいなく断絶になる。

自分は男子がいないからだ。師であり養父である近藤周助は高齢で、最近、卒中でたおれていて、彼にいまさら後継者さがしを託すわけにもいかないのである。

近藤家が断絶すれば、それはすなわち、天然理心流という剣の一派の断絶になる。そうなる前に、

「養子を取りたい。いちはやく家督《かとく》を継がせたいのです」

「それは、私《わたくし》じゃ」

板倉は言い返した。単なる個人の事情にすぎぬ、と言いたいのだろう。近藤は、

「いかにも」

うなずいた。天然理心流などしょせん田舎《いなか》剣法である。柳生流《やぎゅうりゅう》のような将軍家御流儀でもなく、北辰一刀流《ほくしんいっとうりゅう》のごとき大流行の徒党でもない。ぐっと身をのりだして、

「されどこの私事は、公儀への奉仕になるのです。晴れて家督を継がせれば、その養子は、むろん天然理心流宗家になる。そうしておいて江戸および武蔵国に下向させ、

隊士募集をやらせるのです。たちどころに優れた人材があつまりましょう」

「それほど名高いのか。その流派は」

「武蔵国の一部の地域においては、ですが。板倉様の名前と合わせれば、二枚看板です」

これは、お世辞でも何でもなかった。何しろこの板倉勝静という男は、八代将軍・徳川吉宗《よしむね》の玄孫《やしゃご》にあたり、徳川御三卿《ごさんきょう》のひとつ田安《たやす》家の初代当主・田安宗武《むねたけ》の曾孫《ひまご》にあたり、寛政《かんせい》の改革で有名な老中・松平定信《まつだいらさだのぶ》の孫にあたる。

つまり日本一の貴種なのである。その板倉勝静の由来となれば、訴求力ははかり知れない。

「人材があつまれば大坂警備の人員はふえ、京のそれもふえ、さらに余れば江戸へもまわせましょう」

近藤がぴたりと言い終えると、板倉は、扇子をひろげて顔に風をおくりつつ、

「そのほう、手妻師《てづまし》のような頭のよさじゃ。歩兵には惜しい」

絶讃であるだけに、板倉がしょせん新選組など単なる歩兵としか見ていないことがかえって如実にわかる言いかただった。

近藤は、

「過分なおことば、かたじけのうございます」

点頭し、しかし首をかしげてみせて、

「ひとつ問題が」

「何だ」

「喬太郎はまだ入隊して日があさく、実績がありません。誰にもわかる手柄がなければ、二枚看板も画餅《がべい》に終わりましょう。だいいち隊内が納得しない」

「ふむ」

と、板倉はもう興味をうしなったらしい。新選組のことは新選組でやれ、ということだろう。

（しょせん、貴種じゃ）

と思いつつも、近藤は、表情を変えず、

「よろしいか」

「やってみろ」

こうして谷喬太郎は、板倉勝静の家来になった。それから近藤の養子となり、姓名も変わった。あたらしい姓名は、
近藤周平

である。

本人は、平然としている。連日、南堀江町の谷道場でおこたらず稽古をかさねている。

†

結局のところ。

将軍・家茂は、五か月の滞在ののち江戸へ帰った。

浪士たちの目はふたたび大坂をはなれ、京にあつまったようである。それが証拠にというべきか、京において、あの世の人々を震撼《しんかん》させた池田屋事件が発生したのは元治元年（一八六四）六月五日。家茂帰東の翌月だった。

もっとも。

近藤勇は池田屋に、

――浪士がいる。

と思わなかったことは前述した。

鴨川の向こう、祇園にいると確信していた。だからこそ副長・土方歳三ひきいる二

十四名もの精鋭をそちらへ派遣し、茶屋、旅籠、貸座敷などをしらみつぶしに当たらせたのだ。養子の周平も、もちろん、

「手柄を立てろ」

言いふくめた上、そちらへ組み入れた。そうして意外にも、近藤隊のほうが敵に遭遇したのである。

†

近藤勇は、

（まだか。まだか）

心をこがしつつ、池田屋の二階の廊下に立っている。

沖田総司と背中あわせになり、浪人たちと対峙している。近藤の相手はふたり。そのひとりは松田重助だった。

厳密には浪士ではなく、れっきとした熊本藩士。世間の反応を考えれば、この場でいちばん、

（周平に、討ち取らせたい）

そんな重要分子のひとりだった。いまだ中段のかまえを持したまま、うさぎのような目で近藤のつぎの動きを待っている。

近藤が、

「はやく来い。周平！」

口に出したとたん、びくりと肩をはねさせる。二の太刀が来ると思ったのだろう。

近藤は腕をのばし、

「おっ」

「やっ」

剣先を、小出しに出した。児戯《じぎ》に類する攻撃だが、松田は必死で打ち合わせる。それほど技倆《ぎりょう》に差がある。

斬らぬよう、逃がさぬよう。われながらほとんど、

(出来試合《できじあい》だな)

苦笑したとき、うしろで、

「がっ」

異様な声がした。

近藤は、ちらりとふりむいた。沖田の背中が、猫のように丸まっている。その両足

のあいだへ黒い水がしたたっているのは、

（血か）

沖田が、がっ、がっと音を立てるたび、びしゃりと水たまりが大きくなる。口から血を吐いているのだ。かつて土方歳三は、その天才的というべき観察眼で、

「総司のやつ、労咳《ろうがい》じゃねえか」

と首をひねったことがあったけれども、この土壇場で、あるいはその発作が出たものか。

沖田の相手は、たったひとり。

もともと三人いたはずだが、ふたりはすでに斬られたのだろう。のこりのひとりもじゅうぶん間合いを取ったまま、咳《せ》きこむ沖田へ近づこうともしない。

（好都合だ）

近藤は反射的にそう思った。これ以上、沖田に好きにやらせたら、周平の獲物が、

（尽きる）

とにかく、近藤には近藤の相手がある。ふたたび前をにらみ、松田重助のほうへ左足を擦り出したとき、こんどは階下で、
ぱあん

という音がした。

「砲弾かっ」

という声が聞こえたけれども、火薬のにおいがしない。つづいて戸外から足音がなだれこんで来る。

近藤は、また松田から目をそらした。階段の下をのぞいたところ、案の定、おびただしい数の味方が乱入している。だんだら羽織の隊服を身につけた者もあり、単衣《ひとえ》の白い着物すがたの者もあるけれども、いずれも服の下にずっしりと竹胴を着こんでいるのでそれとわかった。砲弾の音と聞こえたのは、戸のやぶられる音だったのだ。

近藤は刀を松田へ向けたまま、二、三段、階段をおりて、

「歳さんっ」

階下のひとりが、

「おうっ。若先生」

やはり土方歳三だった。これで敵味方の頭数が逆転した。近藤は声を大にして、

「斬るな、斬るな、生け捕りにせよ」

こっちの目的はあくまでも決闘ではなく、警察権の行使にある。のちのち拷問《ごうもん》にでもかけて仲間の姓名や出身地、潜伏先など、あらゆるへどを吐かせたいのだ。

ふたたび二階へ上がったら、松田は戦意をうしなっている。近藤はなりふりかまわず背を向け、襖をひらき、手近な部屋へ駆けこもうとする。近藤は身をかがめ、

「それっ」

右のふくらはぎを横に裂いた。

「うわあっ」

松田は、部屋の畳におおいかぶさるよう転倒した。大した傷ではないはずだった。部屋には、ほかの浪士もいる。

奥の欄干《てすり》をひらひらと越え、夜空に消えている。裏庭へとびおりて逃げる気なのだろう。なかにはさっきまで沖田の相手をしていた者もあったようだが、近藤は追わない。ただ、

「行け。行け」

つぶやきつつ、見送るのみ。

とびおりたところで裏庭に木戸はないのだから、彼らは高塀をのりこえるか、表口へまわるかしか方法がない。高塀のほうは土方が人をまわしているにちがいないし、表口は近藤があらかじめ武田観柳斎ほか五名にしっかりと固めさせている。どっちに

しても近藤の興味は、ひとつしかない。

「来い」

松田の襟首をつかみ、ずるずる引っぱって廊下へ出た。

階下に周平の姿をさがす。いた。階段の右手、竈のならぶあたりに立っていた若者がこちらを見あげて、

「父上！」

その顔は、やはり抜けるような白さだった。そのくせ唇がぷっくりと赤く、牡丹《ぼたん》のつぼみを思わせるのは端正というより凄艶《せいえん》である。

近藤は、

「斬れ！」

松田重助をほうり投げた。階段には欄干がないので、どさりと周平の前に落ちる。

周平、斬らない。

下段にかまえたまま、松田が身を起こすのを待っている。それでいいと近藤は思った。立ち合って斬るのでなければ手柄にならぬ。

松田は、立った。

周平のほうに体を向けた。片足がひょっこり浮いているのは近藤のさっきの一撃の

せいだが、それはこのさい、勝利の価値をそこなわぬだろう。どのみち周平と松田のあいだには、天地ほどの腕の差がある。

(私ではない)

と、近藤は、みずからへ言い聞かせている。

(私事ではない。公のためだ)

あのとき老中・板倉勝静に、

——手妻師のような頭のよさじゃ。歩兵には惜しい。

と言われたことが、いまや想像以上に自信になっている。じつを言うと近藤自身、もともと、

(歩兵以上の男に、なる)

その決意が強かったのである。

なるほど新選組は有名になった。京の街では、泣く子があると、

——新選組が来るよ。

と言って叱りつける母親もあるほどになったが、しかしその有名さは、しょせん警察のそれにすぎぬ。

あるいは軍隊のそれにすぎぬ。けれども近藤は、土方や沖田やその他の同志もそう

だが、もともと警察や軍隊をやるために京へ来たわけではないのだ。

みんなみんな、思想のために来た。

時勢に参加し、政治を動かし、そのことによって、

――この皇国を、革《あらた》めよう。

その意味では、新選組も志士の集団なのだ。そうしてこの衷心《ちゅうしん》を実現するためには、まず近藤みずからが警察や軍隊たることを脱しなければならぬ。剣客から政治家へ転身するのだ。

そのためにこそ、養子周平には活躍してもらわなければならぬ。活躍すれば板倉勝静も得意だろう、いよいよ近藤に注目するだろう。近藤としては政治家への恰好の足がかりになるのである。

むろん、あのとき板倉に言ったことは嘘ではない。隊士募集もやるつもりである。

しかし究極の目的は、

(その先に、ある)

さて、周平。

まだ手を出さない。

松田重助をにらんだまま、刀をぴくりと動かすこともしない。膠着《こうちゃく》状態が長くつづ

いた。近藤が、

（おや）

眉をひそめたのは、周平の唇を見たときである。

さっきまで牡丹のつぼみのように赤くふくらんでいた。いまは白い肌と見わけがつかない。色をうしなってしまったのだ。

こんどは、足を見た。まずいと思った。両足がべたりと地に貼《は》りついている。これではどんな攻撃もできないし、どんな攻撃にも対応できない。

松田が、忍耐をあきらめた。

周平の頭上へ、

「きゃあっ」

と悲鳴をあげつつ刀をおろしたのである。茶の一杯も飲めそうなほど緩慢な動作だったけれども、周平は目をつぶり、その場にしゃがみこんでしまった。

ここにおいて、ようやく近藤も、

（怯懦《きょうだ》）

さとらざるを得なかった。あの谷道場で見せた痛快な度胸、勝利への執念は、道場という箱庭のなかでしか見られぬものだったのだ。竹刀やら、タンポのついた槍やらにのみ有効な剛胆さ。

おそらく周平自身、この瞬間、はじめてわが性を知ったのではないか。人というのはつくづく、

(わからぬ)

気がつけば、松田が土間にころがっている。

首がなかば胴から離れている。かたわらには周平がまだしゃがみこんでいるが、その横には、沖田総司が立っていた。

二階から、おりていたのだ。背をまるめ、

「ごっ、ごほっ」

といやな咳をして、竈の焚《た》き口に血痰《けったん》を吐いている。顔が土色だった。やはり労咳なのだろう。あとで医者に見せなければと近藤はつかのま思ったが、逆にいえば、周平は、そういう困難な状態にあった沖田に助けられた。沖田はさっと横から来て、松田の首を薙《な》いだのである。

手柄どころか、これひとつで一生の恥。沖田はその場を去り、べつの相手をさがしはじめた。

周平は、ようやく立ちあがった。

刀を持った手をだらりとさげ、こちらを見あげた。その目は、仔犬のようにうるんでいる。口のかたちで、

「父上」

と言っていることがわかったが、近藤はひややかに、

「ご苦労」

つぶやいて、みずからも階下におり、手あたりしだいに敵を斬りはじめた。新選組の局長がいつまでも見物ばかりしているわけにはいかない。

（大物よ、来い）

みっちりと切り刻んでやる。そんな思いが心に湧いた。

戸の外で、さらに人の声がした。

援軍が到着したのだろう。近藤はこの捕物のため、あらかじめ会津藩兵百五十人、京都所司代兵百人ほかの応援を要請していたのだ。何しろ役人の大組織だから、

——すぐには、来ないだろう。

とは予想していたが、それにしても、これほど遅いとは思わなかった。

†

事件の三日後、六月八日。
近藤勇は、ふるさとへ手紙を書いた。
近況報告の長いものだった。宛先は、師であり養父である近藤周助。おおよそ以下の文面がふくまれている。

当節柄、私も、死生のほどが測り知れぬため、先日、板倉周防守殿家来より養子をもらい受けました。名は周平とつけおきました。……池田屋の動乱では最初に討ちこんだのは私はじめ沖田、永倉、藤堂、倅《せがれ》周平、右五人でした。……兵は、東国にかぎります。こころざしある者は早々に上洛《じょうらく》してもらいたく存じます。

一番乗りの隊士のなかに「倅周平」を加えたのは、もちろん嘘である。いまだ養子の件に未練があったたか、あるいは隊士募集に利用する気だったたか。いずれにしても近藤は、まもなく、周平との養子縁組を解消した。

周平は谷姓に復し、平隊士《ひら》となった。近藤はのちに京や大坂での警察活動がみとめられ、ときに幕閣へ意見を言うこともあったが、板倉勝静との接点はついになかった。谷三兄弟の長兄・三十郎は隊内で七番組組頭にまで昇進し、次兄・万太郎はひきつづき南堀江町で道場にとどまっている。大坂支部でありつづけたのだろう。

足りぬ月

小松エメル

どうしてだ。

夜の闇の中を走りながら、藤堂平助《とうどうへいすけ》は嘆いた。

どうしてだ。どうしてこうなった。何度もよぎった問いには、すでに答えが出ている。己の描いた地図が間違っていたのだ。だが、それを認めるわけにはいかなかった。認めたら、すべてが終わってしまう。

「……こんなところで終わってたまるものか」

低く呻《うめ》いた平助は、かろうじて視界の端で捉えた同志を追った。まだ終わりではない。それなのに頭の中には、これまでのことが走馬灯のように浮かんできて、泣きたくなった。

＊

お前は藤堂和泉守《いずみのかみ》のご落胤《らくいん》だ――平助は母にそう言われて育った。母は以前、津《つ》藩の上屋敷に女中として仕えていた。殿さまの目に留まり、たった一度だけお相手したという。

「お前は俺の子だよ。お前のおっかさんは殿さまの子の方が、外聞が良いと思ったのさ」

平助にそう言ったのは、酒の臭いを漂わせた見知らぬ男だった。津藩に引き取られる少し前――平助が七つの頃だ。幼いとはいえ、物が分かる齢だった。平助は聡明で、ませてもいた。だから、男が赤裸々に語った男女の話を、何となく分かってしまった。

当時、平助は母と共に、母の奉公先である日本橋《にほんばし》の呉服屋にいた。大人の中に交ざって、平助は朝から晩まで働いた。呉服屋には平助と同年の子どもがいたが、話したことはない。その子は平助を見るたび、ててなしごめ――そう馬鹿にするような、嫌な笑みを浮かべた。

「お前のおっかさんは、俺を捨てて殿さまに乗り換えようとしたが、ご側室が同時期に懐妊されてな。跡目のことでややこしいことになったらかなわんと、上屋敷から母子共々追いだされたんだよ。お前は父親からいらない子だと捨てられたのさ。もっとも、まことの父は俺だがな」

ハハハと高らかに笑った男とは、その後二度と会うことはなかった。

翌朝、男は呉服屋近くの堀にはまって死んでいるのが見つかった。騒ぎになる前に平助がその話を知ったのは、呉服屋から平助を連れだした母が語って聞かせたためだった。驚く平助に、蔦《つた》の家紋が入った立派な意匠の懐刀を握らせて、母は涙ながらに述べた。

「あの男をこの手で殺《あや》めてしまった……平助、お前は神田《かんだ》の上屋敷に行きなさい。受け入れられなかった時は、それで腹を切りなさい」

周りの子どもよりも多少分別があるといっても、平助はまだ七つだった。藤堂和泉守のご落胤と言われて生きてきたが、武士として育てられたわけでもない。呉服屋で母と共にこき使われ、てなしごと蔑《さげす》まれ、腹を満たすことも知らず、貧しく暮らしてきた。腹など切れるはずがない――本心を押し隠して、平助は礼をした。顔を上げた時、母の姿はなかった。夢だったのかもしれぬと思いつつ、平助は懐刀を持ち、神田に向かった。

　津藩の者たちは、平助を見て怪訝《けげん》な顔をしたものの、懐刀を見せると息を呑み、慌てて中に通した。殿さまには会えなかったが、平助はほっとした。母のことを追及されたら、上手《うま》く誤魔化《ごまか》せる気がしなかった。

　やがて、平助は染井《そめい》の下屋敷に移された。そこで平助は、とある藩士の養子となった。義理の父母に母ほどの愛情を向けられたことはなかったが、丁重に扱われた。平助もそれに応え、剣術の稽古《けいこ》も学問もよく励《はげ》んだ。

「あなたは私たちには勿体《もったい》ない出来た子です」

　養子として育てられて九年経った頃、義母は呟《つぶや》いた。歳老いた彼女の肩を叩いていた平助は、驚きのあまり口が利けなかった。

「子を生《な》せなかった私たちの許《もと》にこんな優しい子が来てくれるなんて勿体ないことです」

　義母はしみじみと述べた。ほつれた髪に白いものが混じっているのを見つけた平助は、無言で肩を叩きつづけた。

　その一年後、元服した平助は出奔《しゅっぽん》した。下屋敷ではひもじい思いをせず、暖かな寝床でぐっすり眠れた。剣術の稽古も学問も、望むだけ受けられた。他人より優った時、素直に褒《ほ》められた。ここに来るまでは、平助の優れた容姿や才は、周囲から疎《うと》まれ、妬《ねた》まれるものだった。下屋敷での生活は、誰がどう見ても恵まれたものだった。

それでも、平助は外に出たかった。藩にいても出世は望めない。藩主の子たちが皆死なぬ限り、平助は藩の中で飼い殺しにされる。それは真っ平御免だった。何より母に会いたかった。母はきっと平助を捨てたと悔いている。ご落胤の証《あかし》である懐刀を持っていれば、津藩の者は平助に手を出せない。だからこそ、平助に懐刀を渡したのだ。我が子が生きていると知りながら会いにこなかった母の心を想うと、胸が苦しかった。腹や脳が満たされるほど、実母がどう生き永らえているか気になった。平助に恨まれていると心痛めているのではないか。病に罹《かか》ってはいないか。

答えが欲しいなら、会うしかない。そう思った平助は、母捜しの旅に出た。見つけるまで、何年もかかることを覚悟したが――。

ふた月後、平助は母と再会した。昔の情夫を殺めた罪に怯《おび》え、見知らぬ遠くの地に身を隠したと思っていたが、母は相変わらず日本橋にいた。おまけに、隣には男がいた。母に殺されたはずの、平助の父と名乗ったあの男だ。さては化けて出たなと思った平助は、悪霊を成敗しようと懐刀を手にした。しかし、母は男と目を合わせ、笑い合っている。どうにも妙だ。平助が物陰に隠れて首を捻《ひね》った時、母と男の許に駆けてくる軽い足音が響いた。

おとっつあん、おっかさんと叫んだのは、七つくらいの可愛い童子だった。その子の姿を見た瞬間、平助はぞっと寒気を覚えた。その童子は、平助の幼い頃に瓜《うり》二つだった。太助と笑って答えた男は、腕を広げて童子を腕の中に迎え入れた。抱きしめ合う父子と、彼らを愛おしそうに眺める母の姿を、平助は物陰からいつまでも見つめつづけた。


「母はあの男を殺してなかったのさ。俺を捨てて、あのろくでなしと一緒になるために嘘を吐《つ》いたんだ。大方、俺は藩主の子でもなければ、あの男の子でもなかったのだろう。まったく悪知恵が働く女だよ」

岡場所で昔話をするのが、平助は好きだった。己の半生を語ると、大抵の妓《おんな》は「ひどい」と言って涙ぐんだ。

「平助さんのようないい男が、どうしてそんな目に遭わなきゃいけないのさ……」

「人生というものは、釣り合いが取れるようになっているもんだ」

平助の言に首を傾《かし》げた妓は、そのうちじわじわと頬を染めて微笑《ほほえ》んだ。熱っぽく見られたことに気が取られて、早くも平助の話を忘れたらしい。平助はふきだすのを堪《こら》え、妓を抱いた。平助は頭の悪い女を好んだ。たった一度のお手付きを逆手に取り、いらぬ子をご落胤として藩に育てさせ、己は好いた男とその子どもと幸せに暮らす――そんな知恵が回る女など一人で十分だった。

女の趣味とは反対に、平助は賢い男が好きだった。はじめてそれに気づいたのは、母との再会から半年後のこと。江戸界隈《かいわい》の剣術道場を訪れるたび、平助は仮入門した。仮というのは己が決めたものだ。この日も、ここも名ばかりだと嫌気が差した平助は、たった五日在籍しただけで仮入門した道場を去った。どの道場にも腕の立つ者はいたが、あくまでそれなりだった。長居は無用と外に出て、四半刻《しはんとき》経った頃――。

「天誅《てんちゅう》だ」

悲鳴が上がった方に、平助は急ぎ駆けた。一町離れたところに、刀を振りかざす浪人たちと、襲われかけている役人体《てい》の男がいた。浪人の刀が男の脳天に振り下ろされる。間に合わぬと平助が舌打ちした瞬間、突如彼らの間に、色白で小太りの男が割って入った。男は腰に帯びていた刀を抜き、浪人の凶刃を刀で弾き返す。相手が怯《ひる》んだ隙《すき》に胴を払った男は、横で啞然《あぜん》としていた浪人を蹴り飛ばした。他の浪人が刀を構えて向かってきても、男は顔色一つ変えず攻撃をかわし、浪人の後ろに回って首を柄《つか》で殴った。崩れ落ちる仲間を踏むのも躊躇《ちゅうちょ》せず、別の浪人が男に襲いかかる。男は身を低くし、相手の足を薙《な》ぎ払《はら》った。

鮮やかな手際に、見物人たちからほうっと溜息が漏れた。かたや平助は、息をするのも忘れて、男の見事な活躍に見入った。腰を抜かして倒れた役人体の男がようやく口を開きかけた時、浪人たちを倒した男は静かに一礼して去った。

「皆殺しとは……あんなに穏やかそうな面《つら》してやがるのに、人は見かけによらねえな」

そう言って唸《うな》った野次馬の横を通りすぎながら、平助は殺してねえよと低く呟いた。倒れた男たちを一瞥《いちべつ》して、男を追いかける。みねうちなど読物の中だけかと思っていたが違うらしい。間もなく、丸みを帯びた背中を認め、平助は足を速めた。

「名を教えてくれ。俺は平助だ――藤堂平助」

隣に並んで問うと、男は足を止めて瞬《まばた》きを繰り返した。先ほどとは打って変わり、幼い仕草をする男に、平助はふきだした。山南敬助《やまなみけいすけ》と名乗った男は、剣術のみならず、学もあった。それは、つけ回した結果知り得た事実だ。そんな真似をしても山南は怒らず、こんな目立たぬ男に興味を持つとは奇特な奴だと笑った。おかげでじっくり山南の人となりを見極めた平助は決心した。

この男を俺の頭《かしら》にしよう――と。

平助には才がある。有名道場で落胆したそれなりの腕を持つ者たちよりは優れているが、それは努力次第で埋められてしまう差だった。だが、山南は違う。山南はこの先思わぬ何かが起きた時、それと互角に渡り合える力量の持ち主だ。山南を勝利に導くために平助が手を貸すのだ。山南が平助を頼りにするように献身的に仕えて、いずれ大事を為す。平助はそんな夢を抱いた。

「山南さん、俺はあんたを兄と思うことにした。何も義兄弟になろうという話じゃない。俺はただ、決して破らぬ誓いを立てただけだ」

しかし、そう言ったそばから、平助は己の発言を悔いそうになる出会いを果たした。

その日、山南と平助は、深川佐賀町《ふかがわさがちよう》の北辰一刀流伊東道場《ほくしんいつとうりゆういとう》の門を潜《くぐ》った。

「山南さん。よくぞ来てくれました」

道場に入ってすぐ凛《りん》とした声音《こわね》が響いた。平助は山南の後ろから、声がした方を覗《のぞ》いた。

優麗な笑みを浮かべながら近づいてきたのは、山南よりやや若い男だった。つるりとした瓜実顔《うりざねがお》に、緩やかな円を描いた細い眉、涼しげな目元に、すっと通った鼻筋、薄く赤い唇。男の美醜など気にしたことのない平助が、まじまじと眺めてしまうほどの美丈夫だ。

「きみが藤堂くんか。山南さんから聞いているよ。手合せをしたいということなら、遠慮なく申し出てください。うちの門下生は手練《てだ》れぞろいだ。きみも楽しんでくれるだろう」

山南と伊東甲子太郎《かしたろう》が話をしだしたそばで、平助は伊東の気障《きざ》な物言いに内心文句を並べた。

「水戸《みと》の者たちがまた挙兵するのではという話を耳にしました」

「水戸は藩内で思想が統一されていません。そのせいで、これから多くの血が流れることでしょう。彼らが争っている間に、よその動きが活発になることが気がかりだ。朝廷に紛れ込んでいる不届き者たちのことも無論——」

巷《ちまた》を騒がせる天誅騒ぎから、朝幕のかかわりなど、二人は多岐《たき》に亘《わた》って論じ合った。はじめは聞き流していた平助だったが、途中から聞き入ってしまった。山南以上に弁が立つ男を、平助ははじめて目にした。

「……あの男、何者なんです」

話が終わり、伊東が離れた瞬間、平助は山南に耳打ちした。

「一寸《いっすん》の隙もない男さ。いずれ、世間にその名を馳《は》せるだろう」

愉快そうに答えた山南は、門人たちの指導に戻った伊東を指差した。つられてそちらを見た平助は、息を呑んだ。

目にも止まらぬ速さで、相手の右方に二度打ち込んだ伊東は、童子のように軽やかに跳ねた。横から突っ込んできた門人を竹刀《しない》でいなしつつ、素早く胴を突く。参りましたと声が上がった途端、今度は正面から別の門人が襲いかかった。身を捩《よじ》り、攻撃をかわした伊東は、面を打ち込む。ほっそりとしているが、稽古着から覗いた腕は思いのほか逞《たくま》しく、響いた音も重かった。

「さあ、かかっておいで」

道場を見回して、伊東は明るく言った。その後も、代わる代わる向かってくる門人たちを、伊東は一人で相手にした。

「息抜きに、たまにやるらしい。どちらの息抜きになっているのかは分からんな」

面白そうに言った山南に、平助は口をへの字にした。剣術の腕だけなら、この場で伊東を上回る者が一人いた。型稽古になった時、その男は木刀を二本構えたので、本来は二刀流の使い手なのだろう。相当な実力の持ち主に見えたが、それでも伊東の方が優れていると平助は思った。稽古をつけている間中、伊東は楽しそうだった。剣術が何より好きなのだろう。それが伝わってきて、平助は伊東から目を離せなかった。それは道場にいる皆も同じらしく、伊東を心から慕い、尊敬しているのが分かった。これほど熱気のある道場は他に類を見ない。そうさせているのは、ひとえに伊東の才だった。

（この人は、山南さんの上を行く男だ）

そう確信した平助は己の選択を悔いた。だが、すぐにこう思い直した。つけいる隙がないなら、己の出番はない。頭は、平助が思う通りに動いてくれなければならなかった。視線を戻した平助は、山南の穏やかな横顔をじっと眺めた。

山南を己の頭と決めてから、ひと月後。貧乏道場の縁側で寝っ転がりながら、平助は数日前の山南の告白を思いだして唸った。

――市谷甲良屋敷《いちがやこうら》に、天然理心流《てんねんりしんりゆう》という剣術流派の道場がある。俺はそこの食客なのさ。ここひと月は色々と用があって外に出ていたが、いつもはその試衛館《しえいかん》にいるんだ。

天然理心流の門人の多くは、八王子《はちおうじ》千人同心や農民という。所謂《いわゆる》、田舎剣術と馬鹿にされる性質の道場だった。

――なぜそんな小さな流派の道場に世話になっているんです。騙《だま》されているんじゃないですか。

――あの人の悪口はよせ。

山南らしからぬ怒気の籠《こも》った声に、軽口を叩いた平助はぐっと詰まった。山南が言うあの人とは、天然理心流宗家四代目で試衛館道場主の近藤勇《こんどういさみ》だ。思わぬ怒りに動揺したものの、平助ははたと気づく。山南がこれほど入れ込む男だ。もしかすると、山南や伊東以上の大人物なのではないか。そう考えた平助は、試衛館の食客になったが――。


近藤は、凡庸《ぼんよう》な男だった。養子に入り、剣術道場の主となったが、生まれは農家だ。剣術の腕前も、学問も、要領も、容姿も、秀でているものなど一つもない。

夕陽が沈みかけた空に、早々と月が浮かんでいる。はだけた単衣《ひとえ》を直す気にもならず、平助は空をじっと睨《にら》んだ。平助がこんなだらしない格好をするようになったのは、下屋敷を出てからだ。呉服屋に身を置いていた時は、他の奉公人たちと狭い部屋に押し込まれたので、小さな身体を縮めるようにして暮らしていた。下屋敷にいる頃は自室を与えられていたが、縁側に寝転がることなどしなかったし、義父母の前で膝を崩したこともなかった。多少不遜《ふそん》な態度を取っても、ご落胤だからと大目に見られただろう。だが、平助はそれが嫌だった。

（こんな刻限に月が出ているものなのか）

皆にとっては当たり前の事実なのかもしれぬが、平助は知らなかった。夕暮れに浮かぶ月のように、世の中にはまだまだ平助が知らぬことがたくさんある。そのすべてを知るには、広い世に出て自ら行動しなければならない。

己はこんなところにいるべきではない——たったひと月の間に何度も浮かんだ考えが、またしても脳裏によぎった。だが、ここには山南がいる。山南なくしては、平助が描いた先にはたどり着けない。どうしたらいいのだろうかと空に浮かぶ細い月に問いかけた。

「平助」と声を掛けられ、平助は内心舌打ちした。考えを中断させられたこともさることながら、任された掃除をやっていないのが、露見してしまった。小言を覚悟して半身を起こすと、近藤が心配そうな表情を浮かべて、大事ないかと問うた。具合が悪いと思われたと気づいたのは、頷《うなず》いた後だった。咎《とが》めるでもなく、安堵《あんど》したように笑った近藤は、平助が放っておいた箒《ほうき》を拾い、庭を掃きはじめた。平助は慌てて立ち上がり、近藤の手から箒を奪おうとしたが、するりとかわされた。

「お前が心から庭を綺麗にする気になったらやってくれ」

「……俺は他人の家の庭が荒れていようとどうでもいいんです」

「自分の家は、綺麗な方がいいと思うものさ」

そう言って掃除を続ける近藤を、平助は無言で見つめた。勝手に押しかけてきた居候に、近藤はこの家を自分の家だと思えと言った。山南は、近藤のそんな懐の深さに惹《ひ》かれたのだろう。平助は反対に、そんな近藤が気に食わなかった。見返りを求めずに行動するなど、馬鹿がすることだ。馬鹿になって苦しむのは己である――それは真っ平御免だった。

山南が称《たた》えた近藤よりも、試衛館には優れた人物がいた。

一人は、永倉新八《ながくらしんぱち》。試衛館をはじめて訪れた時、永倉は庭で素振りしていた。神道無念流《しんとうむねんりゅう》の型だったので、不思議に思ったが、型は勿論、剣気に至るまで、完璧といってもいいほど達者だった。その後、道場で手合せすると、想像した以上の腕前だった。

平助が認めたもう一人は、沖田宗次郎《おきたそうじろう》だ。はじめて会った時、平助は沖田を格下だと見て、歯牙《しが》にもかけなかった。その思い込みは、沖田の立ち合いを見た瞬間、払拭《ふっしょく》された。沖田は、平助がはじめて目にした天才だった。剣術の腕前だけなら、かなう者はいないだろう。その沖田は、近藤勇を師と仰ぎ、兄のように慕っている。なぜそれほど近藤のことが好きなのだと、平助は沖田に訊《たず》ねたことがあった。

「俺は若先生を心の底から信じているけれど、若先生のことが一等分からないんだよ」

沖田の言うことは分からない、と皆が言ったが、確かにその通りだと平助は嘆息した。

(だが悪い奴ではない。あれよりずっといい)

平助が思い浮かべた斎藤一《さいとうはじめ》は、試衛館にふと現れてはふと消える、まるで忍びのような男だった。平助と同年生まれだが、すこぶる剣術の腕が立つ。沖田と永倉には及ばぬものの、真剣を持たせたら違うのかもしれぬと思わせる妙な気を漂わせた男だった。おそらく斎藤は、人を斬ったことがあるのだ。妙な気の正体は、漏れでた殺気だろう。だが、人を斬ったことはおろか、殺気を浴びたことすらない平助は、確信が得られなかった。

「不気味な奴だ」

斎藤がふらりと現れた日、天然理心流独特の太い木刀を我が物顔で振る彼を見ながら、平助は低く唸った。道場の床に仰向けになった原田左之助《はらださのすけ》が、平助を見上げて目を瞬いた。平助と同じく食客の原田は、槍の方が得手で、剣術の稽古が上手くいかない時はこうしてすぐ寝転がった。平助と違って、原田のだらけ方は堂に入っている。

「あいつは妙だが、悪い奴でもなかろうよ」

「お前の考えはまるで当てにならん」

失礼な奴めと怒った原田は、平助の足首を摑《つか》んで、引き倒そうとした。平助はよろけたものの、何とか踏みとどまり、原田の腹を踏みつけた。ぐへっと蛙のような声を発した原田は、床にのたうち回って、いてえと叫んだ。

「うるせえ奴らだ」と言って冷たい目で見下ろした土方歳三《ひじかたとしぞう》は、日野《ひの》の佐藤《さとう》道場から移ってきた。伊東と張るほどの美丈夫だが、剣術の腕前は並だ。その割に態度が大きく、いつも顰《しか》め面をしていた。そんな土方でさえ、平助には目をかけてくれた。斎藤を除けば、試衛館の中で平助が最も若かったからだろう。ここの連中はなれ合いが好きらしいと馬鹿にしつつも、居心地は悪くなかった。

平助にとってはじめての長閑《のどか》な暮らしは、二年ほどで終わりを告げた。孝明帝《こうめいてい》たっての願いで、将軍徳川家茂《とくがわいえもち》が上洛《じょうらく》する。その警護を担うために、浪士組が作られた。報国の志《こころざし》さえあれば、出自は問わぬというこの隊は、清河八郎《きよかわはちろう》という浪人が発案した。大赦が認められているのは、清河自身が過激な尊王攘夷《じょうい》活動のために幕府から追われる身であったためだ。鼻が利く平助は、会う前から清河を嫌った。だが、同時に感謝もした。

「その清河とやらが作った浪士組に参加すれば、俺たちも攘夷実行の先鋒になれるわけか……このご時世だ。そのうち機運が巡ってくると信じていた！」

興奮のあまり立ち上がり、山南の肩をぐっと摑んで揺すった。道場を残して行けぬ、近藤の代わりに沖田を置いて行く――そんな悶着《もんちゃく》があったものの、試衛館一同は浪士組に参加することになった。佐藤道場からも井上源三郎《いのうえげんざぶろう》ら数名が上洛を決め、文久三年（一八六三）二月、浪士組は江戸を発《た》った。その道中、平助が怒りに任せて刀を抜きそうになる一件が起きたが、山南に宥《なだ》められて何とか抑えた。

「まさか、お前が近藤さんのために怒るとは」

永倉にからかわれた平助は、むっと顔を顰めた。近藤と諍《いさか》いを起こした相手が、近藤を斬ろうとした。それを認めた平助は、誰よりも先に飛びだしかけた。近藤など取るに足らぬと思ったはずだが、情が湧いたのだろうか。そんなものは不要だと平助は思った。必要なのは才と運だ。才は山南が持っている。真っ赤な嘘なのにご落胤とし て育てられた平助には運がある。この先、もっといい運を引き寄せてやる――そう思ったが、上洛して早々、浪士組は江戸に戻ることになった。言いだしたのは、浪士組を作った清河だった。天子さまの尊王攘夷というご意向に、幕府は一向に従おうとしない。弱腰の幕府の代わりに、浪士組が尊攘活動の先鋒となろう――清河の発言は、隊士たちには寝耳に水だった。幕府を裏切ってよいものだろうか。隊士たちの間に動揺が広がった時、先陣を切って声を張ったのは、芹沢鴨《せりざわかも》という男だった。

「天子さまの手足となって働く公方《くぼう》さまを俺はお支えする。そのために京に残る」

威風堂々と宣言した様は思わず見惚《みと》れるほど立派だったが、平助は鼻を鳴らした。芹沢は近藤を斬ろうとした男だ。酒に酔って傍若無人《ぼうじゃくぶじん》に振る舞う芹沢が、平助は嫌いだった。

芹沢の言を継ぐように、近藤が「私も賛同しかねる」とよく通る高い声音を出した。

「私は天領に生まれ育った身。幼少の砌《みぎり》から公方さまのお役に立つことを考えてまいった。ここに来て裏切るような真似はできかねる」

堂々たる様子に、平助は俯《うつむ》き唇を噛んだ。何もないのに泣きそうになる時がある。それが今だと己を誤魔化した。

浪士組は東帰した。京に残った平助たちは、少ない伝手《つて》を頼りに方々を駆け回った。苦労の甲斐《かい》あって、京の治安を守るために設置された京都守護職に拾われることになった。京都守護職を担うのは、松平容保《まつだいらかたもり》侯率いる会津《あいづ》藩だ。一応の後ろ盾と壬生《みぶ》浪士組という隊名を得て、平助の夢がようやくはじまろうとしていた。

その日、非番だった平助は、京の妓を見に行こうと屯所《とんしょ》の門を潜りかけたが、

「化け物でも見たような顔だ」

目の前に現れた男の呟きに思わず足を止めた。

そこにいたのは、斎藤一だった。斎藤はいつの頃からか、試衛館に姿を現さなくなった。平助の強張《こわば》った顔を見て、斎藤は以前と変わらぬ無表情で言った。

「隊士を募っていると聞いて来た。あんたがいるということは、近藤さんたちもいるな」

「俺と近藤さんたちが一心同体のような口振りだ」

そうだと頷いた斎藤は、顔色を変えた平助を置いて、さっさと屯所の中に入った。腹の中がぐつぐつと煮え立つような心地がした。

「……誰があんな奴らに付き従うものか」

すべては己の夢のためだ——低い声音で呟いた平助は、震える拳《こぶし》を握って歩きだした。

しかし、平助の夢はなかなか実現しなかった。壬生浪士組の中で実権を握ったのは、芹沢だった。彼と親しい新見錦《にいみにしき》も力があったが、いつの間にか姿を消した。新見が消えたおかげで近藤が隊の二番手になったものの、その力は大したものではなかった。山南は近藤の下なので、隊の中では五、六番手だろうか。平助の夢を叶《かな》えるには心許ない地位だった。

「それ以上暴れたら腹を切らせると脅せばいい」

「今度は芹沢が気に入らないのかい、藤堂先生。いつか自滅するから放っておけよ」

からかい交じりの言葉に平助は、言った原田を睨んだ。芹沢の言動は当初から問題になっていたが、京に来てからはさらに悪化した。遊郭で暴れて物を壊し、士道不覚悟な行動を取った同志を断って捨て、献金を断った豪商を焼き討ちし――枚挙に暇《いとま》のない芹沢の凶行に怒り、頭を悩ませていたのは、他ならぬ壬生浪士組の隊士たちだった。

「その時が来たら、俺に譲れよ」

「お前が良い子にしてたら、考えてやる」

その時が何であるのか言わずとも、原田には分かったらしい。このまま芹沢を放置すれば、壬生浪士組の評判は下がる一方だ。ひいては、壬生浪士組を抱える会津藩の名折れとなる。いずれ、芹沢を殺せと命じられるだろう。その時を思うと、平助の胸はざわついた。

八月十八日に御所で起きた政変での活躍で、壬生浪士組は新選組と名を変えた。その祝いの席が、島原《しまばら》の角屋《すみや》で設けられた。会津藩から隊名を賜《たまわ》り、報奨金を頂いた栄誉に、隊士たちは皆酔いしれた。平助は永倉や原田と口喧嘩しながら、大いに笑い合った。試衛館の時にも時折こんなことがあったが、その時とは違って、晴れやかな気持ちだった。

あまりの楽しさに、平助は我を忘れた。気づけば朝で、原田の固い太腿を枕にして寝ていたが、慌ただしく外から駆け込んできた隊士に叩き起こされた。

芹沢局長の寝所に賊が——皆まで聞かず跳ね起きた平助は、原田と共に屯所に戻った。

芹沢たちが寝起きしていた八木《やぎ》邸は血の海だった。そこに身動《みじろ》ぎもせず溺れているのは、数刻前まで気焔《きえん》を上げていた芹沢たちだった。

「どうして女まで……」

力なく呟いた原田に、平助は眉を顰めて頷いた。芹沢の愛妾《あいしょう》も血の海に溺れていた。事切れた今となっては、生前の毒々しいまでの妖艶《ようえん》さが愛おしく思えた。

芹沢一派襲撃の下手人は長州《ちょうしゅう》人たち――その話が偽りであると、隊士は皆気づいていた。

「見分役は近藤。やったのは、土方、沖田、井上、山南だ」

「山南さんは違う。あの人がそんな汚い真似をするはずがない」

反論すると、断言した永倉は哀れむような目で平助を見た。カッとした平助は、それからしばらく永倉と口を利かなかった。

山南は平助の光だ。例えるなら月明りだろうか。夜道を灯りもなしに歩くのは困難だが、月が照らしてくれるなら、進むべき道が分かる。平助にとって月は、なくてはならぬ存在だ。それを否定する者は誰であろうと許せなかった。

その年の秋、大坂《おおさか》出張に出かけた土方が、青い顔をした隊士たちを引きつれ帰隊した。

「山南が浪士に斬られた。しばし、大坂で療養する」

土方の口から語られた言に、留守組だった隊士たちは絶句した。出張中に起きた一件は、たまさか一人だったこと、慣れぬ代刀だったこと、相手方に腕が立つ者がいたことなど、悪条件が重なった不運な出来事だった。命に別状はないが、山南は腕に重傷を負った。

隊士たちへの簡単な説明を終え、土方はざわめく一同を置いて退室した。素早く立ち上がった平助は、廊下で土方を捉まえて山南の詳しい様子を訊《き》いた。

「以前のようには刀を振れぬだろう」

土方の押し殺したような呟きを耳にした平助は、目の前が真っ暗になった。まるで、月のない夜に一人放りだされたかのようだった。

ひと月後、山南が帰隊した。穏やかな微笑を浮かべた山南は、以前とまるで変わった様子がない。お元気そうで何よりですと涙ぐんで言ったのは、勘定方の隊士だった。山南の帰隊を喜び、近づいてきたのは、屯所にいるほとんど全員であるようだ。永倉や井上たち幹部もいれば、平隊士もいる。大人数に囲まれた山南は、一人一人にしっかりと応えた。

「ひどい顔だ」

ようやく人波から解放された山南は、廊下の端で膝を抱えて座っていた平助の顔を覗き込んで笑った。

「この先、その腕は元のように動きますか」

平助の問いに、山南は黙った。伸ばしかけた手が宙に浮いている。

「これは駄目だな」

答えた山南は、平助の頭を一つ叩いて、廊下を戻りはじめた。俯いていた平助は、しばらくしてから顔を上げた。屯所の庭の向こうから、沖田と子どもたちの声が聞こえる。壬生寺の境内にいるのだろう。

「山南さんが帰ってきたよ。また皆で鬼ごっこをしよう」

わあっと嬉しそうな歓声が上がった瞬間、平助は履いていた下駄を地に叩きつけた。


どうする――平助は自身に問うた。山南の怪我が治ると信じて待つか、他の者を頭に据えるか。どちらを選択しても苦労は尽きぬはずだ。いつまで待てばいいのか、まことに回復するのかさえ分からない。しかし、山南以上の男を見つけるのも難しい。江戸でも京でも、平助は様々な人間を見てきたが、山南ほど己の頭に相応《ふさわ》しい人材はいなかった。

(山南さんほど賢く、腕が立ち、人柄もいい男など……)

その時、平助の頭にある男が思い浮かんだ。

「同志にするなら、もってこいの男がいます」

翌春、平助は近藤にそう進言した。男の顔が浮かんでから時が経ったのは、山南の様子を見ていたからだ。これは駄目だ——山南の答えと同様のことを思った平助は、彼を頭にするのを諦めて、次に向かう決心をした。その男がいかに素晴らしいかを、平助は近藤に語ってきかせた。

「お前が手放しで褒めるとは、さぞや素晴らしい男なのだろう。しばし預からせてくれ」

近藤の顔にわずかに浮かんだ喜色に期待して、平助は深々と一礼した。しかし、平助は「魁《さきがけ》先生」などと山南にあだ名をつけられてしまうほど、せっかちだ。ひと月と勝手に期限を決めたが、その目論見《もくろみ》はまんまと外れた。

元治《げんじ》元年（一八六四）六月五日——三条《さんじょう》の旅籠《はたご》池田《いけだ》屋《や》で、新選組と浪人たちが激突した。

その日、池田屋では、長州や肥後《ひご》などの脱藩浪士たちが集い、会合が行われた。前年の政変で京を追われた長州の者たちは、再び朝廷での実権を握ろうと焦るあまり、御所に火をつけ、その混乱のさなかに一橋公ならびに会津藩主松平容保を殺害し、天子さまを自国に連れ去る——そんな無謀な計画を立てた。事前にその企てを知った新選組は、決行日と目された祇園祭《ぎおんまつり》の宵々山《よいよいやま》の夜、近藤隊と土方隊の二隊に別れて捜索した。少数精鋭の近藤隊に配属された平助は、力を認められていることを知って、満更でもなかった。

「――ご用改めでござる」

近藤の高い声音が響き渡ったのは、池田屋に行きついてすぐのことだった。浪士が会合していると見られる二階に、近藤と沖田が駆けあがった。一歩出遅れた平助は、二階から逃れてくるであろう浪士たちを迎え討つことにした。怒号が響いた直後、数名の男たちが階段を駆け下りてきた。階段の途中にいた平助は、相手の喉《のど》を抉《えぐ》るように突くと、素早く刀を引き、さっと横に身を避けた。倒れた男につまずいた男が階段を転がり落ち、下にいた永倉がその男の胸を一突きにした。その直後、倒れた男を蹴落としたのは、二階から降りてきた別の浪人だった。間一髪かわした平助は、その男と切り結んだ。二人が戦う横を、浪人たちが駆け下りる。下で待ち構えているのは、平助が力を認める永倉だ。

(そっちは任せた。存分に暴れてやろうぜ)

ニヤリとした平助は、力任せに刀を押し返し、相手の首を刎《は》ねた。返り血や汗にまみれながら、平助は一階の奥に逃げた相手を追い詰め、斬り殺した。蒸せかえる暑さに、息遣いも荒くなる。京の暑さは、江戸生まれの平助には地獄だった。さらに東の方で生まれた山南が参ってしまうのも無理からぬことだった。前年、怪我を負った山南は、今回も出動できなかった。暑気あたりで倒れたのだ。

(……ついてねえな、山南さん)

実働部隊には復帰できていないが、怪我は少しずつよくなっているようだ。もしかしたら、元のように刀が握れるかもしれない——そんな望みを捨てきれずにいることに気づいた平助は、苦笑しながら汗でずれた鉢金《はちがね》を直そうと手を伸ばした。

一瞬の隙を突き、暗闇に潜んでいた敵が平助に斬りかかった。反応が遅れた平助は、額をばっさり斬られた。ついていないのは己だったらしい。ツキの無さを移して悪かったと、平助は薄れゆく意識の中で山南に詫《わ》びた。死を覚悟したが、間もなく到着した土方隊の者に手当てを受けたおかげで、何とか生き延びた。その隊士は奇《く》しくも山南の小姓だった。

池田屋事変後、平助は療養がてら、隊士募集のために江戸へ下った。

「少し会わぬうちに、随分と男前になった」

訪ねた道場でそんな皮肉を言われた平助は、むっと顔を顰めた。

「向う傷は武士の誉《ほまれ》だ。泣く女は多いだろうが、男には羨望《せんぼう》の的さ」

不満を隠そうとしない平助を笑って、伊東甲子太郎は平助の額を指でなぞった。池田屋で得た傷は額に生々しく残っている。薄くなることはあっても、消えることはないだろう。

「男に好かれても嬉しかないですよ。それより、ご返事を聞かせてください」

平助が真面目な顔をして言うと、対座する伊東は首を横に振った。

「申し訳ないが、新選組に入るつもりはない」

平助は嘆息した。隊士募集のために東帰した平助は、真っ先に伊東を訪ねた。熱心に口説いたが、伊東は一度もうんと言わなかった。

「新選組には山南さんがいる。私は不要さ」

山南が治らぬ怪我を負っていることを、平助はなぜか口にできなかった。新選組のためというのは方便で、平助は己のために伊東を欲した。山南が駄目なら、伊東しかいない。だが、伊東はまるで乗り気ではなかった。このままでは己の夢が叶わぬ――そんな危惧《きぐ》を抱きはじめた頃、見事解決してくれたのは意外な人物だった。

「あなたを同志に迎えられるとは、何とも心強い。不勉強な私に色々教えていただきたい」

「私などがお役に立てるなら、何でも致しましょう。何卒《なにとぞ》よろしくお願い申し上げる」

　深々と頭を下げた近藤に、伊東は同じように礼を返した。伊東の参加は難しそうだと書状に綴《つづ》ってからひと月後、近藤は江戸に来た。伊東は近藤と一度会って話をしただけで、上洛を決めた。己の立場がないと嘆いた平助は、京に帰ったら山南に愚痴を聞いてもらおうと思った。山南ならきっと、「伊東さんの方が一枚上手だったんだよ。隊の頭直々に乞われた方が、はくがつくだろう」などと慰めてくれるはずだ。輪郭はぼやけたものの、山南は相変わらず平助が歩む夜道を照らす月だった。その月が影も形も消えてなくなるなど、この時平助は考えてもいなかった。

　江戸に残って隊士募集に奔走していた平助の許に、一通の書状が届いた。近藤の力強い筆致を下手くそだなと笑って眺めた平助は、読みだして間もなく書状を手から落とした。

　元治二年二月二十三日　山南敬助切腹致し候
　山南がにわかに脱走したこと、翌日自ら帰隊し、切腹に処され、屯所近くの光縁寺《こうえんじ》に埋葬されたこと——しゃがみ込んで書を手に取った平助は、繰り返し読んだ。五度読んでも、十度読んでも、そこに書かれている内容は変わらなかった。

　山南は死んだ。才を生かしきれず、道半ばで、腹を切って果てた。なぜそんな真似をしたのかと問いただすことはできない。山南はすでに地中深くに埋もれた。皮も肉も削《そ》げ落ち、骨になっただろうか。魂はすでに消えたのだろうか。

（魂など存在するものか。馬鹿馬鹿しい）

心中で吐き捨てた平助は、近藤の書簡を火にくべて燃やした。己の目から溢《あふ》れる涙に、平助は気づかなかった。


ひと月半後、平助は帰隊した。新入隊士が入ったことで、隊の編成も変わった。約百五十名いる隊士の中で、平助は上から数えて六番目の位置になった。伊東は十一番目だ。近藤は伊東を参謀という新しい役職につけようとしている。正式発表はまだだが、平助が帰隊した時、すでに伊東はそう呼ばれていた。

伊東は平助の期待以上の働きをし、人望を集めているようだ。日々、大勢の隊士に話しかけられる伊東の姿を傍から見ていた平助は、伊東の顔に貼り付いた美しい笑みに違和感を覚えた。

「あんた、江戸にいた頃と違って、楽しんでませんね。新選組にいる連中のほとんどが使えぬ駒だと思ってるんでしょう」

伊東を誘って島原に来た平助は、酒を呷《あお》りながら言った。人払いをしたので、座敷には平助と伊東しかいない。平助の向かいに座った伊東は、目を細めて笑うだけだった。

「俺には分かります。新選組は期待外れだ——あんたはそう考えてる。あんたの道場は、学のある者が多かった。新選組の中でそれがあるのは、せいぜい数人だ。馬鹿な奴らと腹を割ったふりして話さなければならないんだから、そりゃあ嫌になる」

「きみがこんなに酒が弱いとは思わなかった。今日はもう帰ろうか」

そう言って腰を上げかけた伊東に、平助は手を伸ばした。腕を摑まれた伊東は、優美な表情を崩さず、平助を見下ろした。

「尊王攘夷をうたう隊のくせに、やるのは市中見回りのみ。近藤は本願を成し遂げるとあんたに説いたが、あの人は自分の隊を大きくしたいだけだ。新選組の名が天下に轟《とどろ》けば、大名になるのも夢じゃない。それを諫《いさ》めた山南さんは隊を追いやられ、切腹させられた」

「山南さんは残念だった。あの人を失ったのは、隊としても友としても惜しい」

「山南さんは新選組に殺された」

「それは誤解だ。あの人はそんなことで死ぬ人ではない。山南敬助はまことの武士だ」

怒気が籠った声を出した伊東は、顔を歪《ゆが》めた平助を見て、ふっと息を吐いた。

「今日はお開きにしよう。また誘っておくれ」

平助の手を解き、伊東は部屋から出て行った。まだ酒の入っている盃を放りだした平助は、ごろりと横になった。

江戸での隊士募集を終えて京に戻った後、平助は西へ東へとたびたび出張した。

「お前は人を集める才がある。新入隊士募集と、各地での協力者を探してくれ」

近藤にそう頭を下げられた時、平助は神妙な顔で頷きつつ、内心笑った。隊に敵対心を抱くような者を、平助が選んでくるとは思っていないのだろう。近藤は平助を信じている。だが、平助が信じているのは己だけだ。その己が信じられなくなった新選組を、このままにしておくことはできない。

近藤を引きずり下ろし、頭に伊東を据えて、尊王攘夷活動をする――そう思い立ったのは、山南の死がきっかけだった。山南がこの世から消えたことで、伊東を頭に据えるしか道はなくなった。伊東には山南ができなかったことをやってもらう。組織が変わらぬなら、変えてしまえばいいのだ。近藤や土方を引きずり下ろして、伊東を頭に据える。もしも、伊東が妙な真似をした時は、また頭を替えればいい。頭が替わっても中身が変わらぬ強固な組織を作る――平助はなぜかそれが己の役目のように思えてならなかった。

また、という言葉を鵜呑《うの》みにして、平助は折を見ては伊東を誘った。近藤や隊の悪口を言うと伊東は必ず諌めてきたが、初回のように先に席を立つことはなかった。

「隊を変えましょう。これは伊東甲子太郎、あんたにしかできないことだ」

そう言いつづけていくつもの季節が過ぎた頃、はじめて伊東に呼びだされた平助は、島原に向かった。常のごとく人払いした部屋には、すでに伊東が座していた。張りつめた緊張感が漂う中、平助は伊東に勧められるまま腰を下ろした。

「分隊を考えている。きみも参加して欲しい。御陵衛士《ごりょうえじ》という隊名を賜った。すでに、局長、副長両名の許可は得ている。数日内に新選組を出るので、きみもそのつもりで」

何でもないように言われて平助は絶句した。伊東は昨日、九州出張から戻ったばかりだ。

「以前から打診はしていた。幾度も却下されたが、私の粘り勝ちさ」

嬉しそうに笑った伊東は、膝の上にあった平助の手を取り、ぐっと握った。

「隊士の多くは新選組に渡してしまったが、御陵衛士の方がずっと優れた隊になるはずだ。身罷《みまか》られた天子さまの御為にも、私たちは一心に励まねばならない。きみの力を貸してくれ」

攘夷の志が篤《あつ》かった孝明帝は、前年崩御した。その少し前、孝明帝の義弟である将軍家茂も病死した。朝幕の二大柱を失った今、世は揺れに揺れている。幕府の下にいる新選組は、今後ますます苦境に立たされるだろう。

離れるなら今だ——その機を見事に読んだ伊東に、平助は強く頷いた。


分隊が決まった数日後、平助たち御陵衛士は、新選組の屯所から去った。御陵衛士の屯所は、五条通の善立寺《ぜんりゅうじ》に決まった。そこには伊東以下十五名の隊士が詰めたが、少人数の割に戦力はなかなかのものだった。伊東の弟の三木三郎《みきさぶろう》をはじめ、数年前に平助が伊東道場で見かけた猛者《もさ》・服部武雄《はっとりたけお》もいた。服部は剣術、柔術、槍術を極めている。しかし、そんな服部よりも剣術の腕前が優る男がいた。

「鬱陶《うっとう》しい。そう睨むな」

平助の視線を受けて言ったのは、共に巡察中だった斎藤だ。御陵衛士となって新選組を出るという時、平助はそこに斎藤が加わっていることをはじめて知った。なぜこいつが——そう思いつづけて早ひと月。そろそろ、平助が嫌いな梅雨の季節がやって来る。ただでさえ苛立《いらだ》つ時に、苦手な男の顔を見て過ごさねばならない。それを考えると、憂鬱でならなかった。そのままぼやくと、斎藤は呆れたように溜息を吐いた。

「何か文句があるのか。あるなら、言え」

睨み上げながら言っても、斎藤はこちらを見もしない。構っていられぬとばかりの余裕な態度に、平助はますます怒りを募らせた。

「また喧嘩か。巡察中は休戦してくれ」

困ったように笑って言った内海次郎《うつみじろう》に、平助と斎藤は軽く頭を下げた。平助が苛立っているのは、斎藤のことだけではない。御陵衛士になったら、すぐさま尊王攘夷活動ができると思っていたが、今のところその兆しはなかった。

――早く行動に移しましょう。京でできぬなら、江戸に戻ってやればいい。

平助はたびたび訴えたが、伊東は首を横に振るばかりだった。

――今、私たちに必要なのは、拙速な行動ではない。御陵衛士という地を固めなければ、ただの動き損になってしまう。我が隊の信頼を勝ち得てから、一気に動くのだ。そのためには確かな情報と同志が必要となる。私はそれらを得るために動く。

そう答えた伊東は、長州や薩摩《さつま》といった連中に近づいては、昨今の情勢を語り合った。平助も何度か同席したことがあるが、そのたびに得心がいかぬ気持ちが湧いた。

(なぜ伊東さんは新選組を悪く言わぬのか)

長州や薩摩の者たちは、伊東の言を聞いて眉を顰めた。晴れて隊を離れた今こそ、新選組の評判を下げるようなことを吹聴すべきである。伊東以外の皆がそう思っているはずだが、誰もそれを進言しなかった。皆は、伊東を神のように信奉している。平助がはじめて会った時に感じた伊東の求心力は未だ健在だ。新選組の中にも、伊東派の者たちがいる。おそらく、伊東は彼らを間者《かんじゃ》として残したのだろう。彼らの身を案じて、曖昧《あいまい》な態度を取っているのだろうか。

「……いざとなれば間者など斬ってしまえばいい」

平助が呟いた瞬間、ごくりと息を呑む音が隣から聞こえてきた。

蒸し暑い季節にもなれば、御陵衛士という隊名にもすっかり慣れた。新選組と名乗っていた時分が、平助には随分と昔に思えた。

「伊東先生……どうか、お願い致します。俺たちを同志として加えてください」

善立寺の閉ざされた門を叩きながら、泣き叫ぶ声が響いた。その声は、門の内側にいた平助たちにも無論届いていたが、誰も門を開けなかった。新選組から分隊する時、いくつかの約束を取り交わした。その中で特に重要視されたのが、互いの隊を行き来しないことだった。新選組隊士が御陵衛士になることと、御陵衛士が新選組に戻ることは固く禁じられた。しかし、今門の外側にいる彼らは、その最も大事な約束を破ろうとしている。

「できればきみたちを受け入れてやりたい。だが、約束を破っては武士の矜持《きょうじ》に反する。申し訳ないが、引き取ってくれ」

伊東が懸命に説得しても、新選組を脱した者たちは引き下がらなかった。新選組隊士の幕臣取り立てが決まったのは、つい数日前のことだ。多くの隊士は歓喜しただろう。だが、尊王攘夷の志が篤い彼らは、諸外国に対して弱腰の幕府に不満を持っている。昨年、孝明帝と将軍家茂が亡くなったことで、幕府の力は著しく低下した。泥船に乗って共に沈みたくはない——そう考える者もいて当然だ。

やがて、声が途絶えた。外を覗いた平助は、地に何か書かれているのを認めて身を屈《かが》めた。そこには血で書かれた辞世の句があった。舌打ちした平助は外に飛びだしかけたが——。

「どこへ行くつもりだ」

平助の腕を摑んで低い声音を出したのは、毛内有之助《もうないありのすけ》だった。九つも年嵩《としかさ》とは思えぬほど童顔だが、今は常よりも老けて見えた。どんよりと曇った表情と赤く染まった目がそう見せているのだろう。古巣に戻るつもりかと問われた平助は、驚きのあまり目を見張った。

「伊東先生を裏切るような真似をしたら、お前を斬る」

憎々しげに吐き捨てると、毛内は平助の腕を乱暴に放し、屯所の中に戻った。呆然とその後ろ姿を見送っていたところ、いつの間にか平助の傍らにいた斎藤が口を開いた。

「あんたは新選組の間者だと疑われている」

斎藤の言を聞いた平助は、顔を片手で覆って笑いだした。どこに行っても疎まれるさだめらしい。幼少の頃は哀しかったが、今はただおかしかった。涙がにじむほど笑った平助は、顔から手を離して傍らを見た。とうにいなくなったと思いきや、そこにはまだ斎藤がいた。同情も蔑みも見えぬ無表情を見つめた平助は、はじめて斎藤に笑みを向けて言った。

「蔵の掃除をしよう。奴らが戻ってきた時、そこでこっそり匿《かくま》ってやるんだ。新選組の奴らに疑われたら、犬を飼ってると言い張る」

斎藤は神妙に頷き、かすかに笑んだ。

新選組脱走者たちはその後、会津守護職を頼った。そこでも訴えは聞き入れてもらえず、今後を悲観した中村五郎《なかむらごろう》ら四名は腹を切って果てた。その知らせが御陵衛士の許に届いた日、伊東は自室から一歩も外に出なかった。ただ、すすり泣く声だけが響いた。

平助は住職に分けてもらった線香を持って蔵に行き、火をつけもせず中に投げ入れた。死んだらすべて終わりだ。死ぬと分かっているなら、最後まで生きのびる努力をなぜしない――こみ上げてくる悔しさを何とか呑み込み、平助は蔵の外に出て顔を上げた。梅雨明けの空には、眩《まぶ》しい陽が輝いている。何かに似ている気がしたが、思いだせなかった。

翌日から、平助は伊東の部屋を訪ねてはこんな話をするようになった。

「伊東さんが土佐や長州の者たちと会合しているのは、奴らも承知の上のこと。しかし、いずれ近藤は、それを伊東さんの独断と言いだすはずだ。あんたに謀反《むほん》の意があるように仕立てた上で処罰するんです。近藤は、御陵衛士たち皆を始末する気でいる」

平助がいくら近藤や新選組を悪し様に言っても、伊東はまるで反応せず、時折笑うくらいだった。少しは疑う気持ちを持ってもよいはずだが、そんなそぶりは見せない。まるで近藤を信じきっているようだ――そんな考えが浮かんだ平助は、ある日伊東にこう言った。

「あんたは近藤と密約を交わしていますね。嫌気が差して分隊したのではなく、新選組を守るために離れたんだ」

常のごとく書物を読んでいた伊東は、閉じた書を横に置き、平助に向き直って言った。

「お前は頭がいい。気づいたのは、平助で二人目だ」

「一人目は斎藤ですか」

伊東は肯定も否定もしなかったが、顔に浮かんだ笑みが答えだった。

近藤と伊東は思想の違いから反目し合って別れた――そう見せかけて裏で情報を交換し合い、新選組をより強固な組織にしようと目論んでいる。伊東たちの企《たくら》みを聞いた平助は困惑した。平助は新選組に戻る気はない。新選組にいたのは、山南がいたからだ。彼の腕が駄目になったので、伊東を代わりにした。伊東が隊の頭になるなら新選組を大事にしたが、それはならなかった。そこで諦めず、ようやく分隊までこぎつけ、これでやっと夢が叶うと思った。だが、伊東の言を聞く限り、このままでは一生叶いそうにない。

「……伊東さんは甘い。近藤はあんたを必ず裏切ります。近藤は初代局長の芹沢に心酔してました。だが、都合が悪くなった途端、奴を殺した。あれだけ頼りにしていた山南さんも、使い物にならなくなったら隅に追いやり、あんたが入ったらもう用済みだと、わざと辛く当たって隊に居づらくさせた。近藤は熱を上げても、不要になったらすぐ捨てる。伊東さん、それはあんたも例外じゃないんですよ」

新選組の所業を、平助は伊東に毎日語って聞かせた。伊東はやはり反応一つ返さなかったが、伊東が近藤や新選組に不信感を抱くまで諦めるつもりはなかった。協定を破棄するのは困難だ。しかし、新選組と手を結んでいる限り、伊東は二番手のまま——平助の夢を叶える相手は一番でなければならない。夢の実現は遠く思えて、平助は焦りを募らせた。

慶応《けいおう》三年（一八六七）十一月——御陵衛士の屯所が月真院《げつしんいん》に移って五ヵ月が経とうという頃だった。非番だった平助と斎藤は、祇園へ繰りだした。あれほど苦手だった斎藤と今では一等親しい。人生とは分からぬものだと苦笑した帰路、斎藤は珍しく強張った顔をしてこう言った。

「伊東が近藤局長暗殺を明言した」

斎藤が告げたその言葉は、正に青天の霹靂《へきれき》ともいうべきものだった。

「俺はここを出る」

そう告げた斎藤を、平助は見上げた。斎藤の昏《くら》く濁った目に、無表情の平助が映った。

「……あんたも逃げろ」

仲間の許に——その言葉を聞いた途端、平助はふきだした。

「帰隊した途端に切腹か斬首に処される」

「密偵だったということにするはずだ」

お前とお揃いなど真っ平御免だと嘲笑《あざわら》って言うと、斎藤は俯いて小声を漏らした。

「やはり俺が間諜《かんちょう》だと知っていたのか」

「……自ら間諜だと白状した者を捨ておけぬ。伊東さんたちの前に突きだしてやろう」

平助は斎藤の腕を摑み、歩きだした。

「なぜ抵抗しない」

答えぬ斎藤に、平助は足を止めて振り返った。その面は何だと笑おうとしたが、できなかった。斎藤の顔には苦悩の表情が浮かんでいる。目許は赤く染まり、今にも泣きだしそうだ。違う、と平助は呻いた。こんな弱々しげな表情を浮かべる男は、斎藤ではない。

「私情に惑わされ任務違反を犯す男など、捕まえるに及ばん——去れ」

斎藤の腕を放した平助は、そう冷たく言い放って、再び前を向いて歩きだした。道に積もった枯れ葉を踏みしめながら歩いていると、背に大声を浴びせられた。

「俺と共に帰ろう」

平助は苦笑した。平助の中の「斎藤一」はまやかしだったらしい。平助が妬み、憧れた同年の天才は、はじめからいなかったのだ。

「共に歩む相手は俺が決める」

お前を選びはしないと言外に述べた平助は、振り返ることなく歩きつづけた。


「近藤を暗殺するというのは、まことですか」

帰隊した平助は、部屋に入るなり問うた。伊東は驚きもせず、微笑んで頷いた。

「俺は確かにあの人の無能さをあんたに教えました。だが、暗殺しろとは言ってない。俺の言い方が悪かったのか……」

呻いた平助は、その場に崩れ落ちるように座り込んだ。

「私はきみの企みに気づいていたよ」

「あんたも、俺が間諜だと思ってるのか」

「そんなことは考えたこともない。きみは誰かのためになど動かぬ男だ」

笑い声を漏らした伊東は、膝を進めて平助の前に来た。肩をぐっと摑まれ、平助は思わず顔を顰めた。優男《やさおとこ》に見えるが、伊東の力は平助よりもずっと強い。

「この私を己の欲を叶えるがために使おうとしたのは、二人いた。そのうちの一人は藤堂平助きみだ。もう一人は近藤勇」

顔を上げた平助は、息を吞んだ。涙の膜が張った伊東の目は、怒りと哀しみがない交《ま》ぜになったような色を湛《たた》えていた。

「私はとんだ愚か者だ。信を置いた友に軽んじられ、裏切られた。……きみが言った通り、近藤は御陵衛士を潰すつもりでいるらしい。何より愚かなのは、裏切られた今でも友のことを憎みきれぬことだ。何かの間違いなのではないかとどこかで期待を捨てきれない」

愚か者だと嘆いた伊東は、平助の肩からそっと手を離した。俯いた伊東の艶《つや》やかな髷《まげ》を見下ろして、平助は窓の外に視線を向けた。斎藤と話していた時に浮かんでいた陽は、いつの間にか沈んだ。雲が広がり、月の姿は見えない。ひどく物悲しい心地になった。平助は月が好きだった。陽のような眩しさはないが、夜の闇を照らすにはあの冴え冴えとした光で十分だ。きらきらと輝く陽は苦手だった。

——正念場だ。力を合わせて踏ん張ろう。

壬生浪士組になって間もない頃、不安を抱えた皆を近藤は励ました。頷いた一同に、近藤は大口を開けて豪快に笑った。朴訥《ぼくとつ》で粗野ながら陽のように眩しい、満面の笑みだった。

顔を正面に戻した平助は、伊東の左肩を摑み、押し殺した声を発した。

「俺は俺のために動く。それはこの先も変わらない。だから、伊東さん。あんたが信じた道に、俺たちを導いてくれ」

ゆっくり面を上げた伊東は、平助の真剣な眼差しを認めて頷いた。

「私を信じてついてきてくれ」

綺羅星《きらぼし》のような強い光が灯った目をして、伊東は力強く答えた。


宣言通り、斎藤は姿を眩《くら》ませた。

「あの裏切り者め……」

もっとも怒りを露《あら》わにしたのは、加納鷲雄《かのうわしお》だった。他の皆も腹を立てている様子だが、激昂《げっこう》する者はいなかった。斎藤は愛想がなかったが、大人しく真面目だったため、御陵衛士の中ではそう評判も悪くなかった。

「新選組とはかかわりなく、他に事情があって出ていったのではないだろうか」

人のいい三木の呟きに、平助は苦笑した。

「これ以上の裏切りは決して許さん」

低く述べた加納が一瞥をくれたのを、平助は見逃さなかった。御陵衛士にはじめて綻《ほころ》びが見えたこの時、まさか数日後に取り返しのつかぬ事態になろうとは誰も予想しなかった。


「近藤の妾宅に行ってくる」

その辺を散歩してくるというような気安さで、伊東は言った。ご冗談をと引きつった顔で述べた新井《あらい》忠雄《ただお》に、伊東は首を横に振った。

「冗談ではないさ。遅くならぬうちに帰るので、供はいらないよ」

「やめておいた方がよろしいかと思います」

厳しい声音を出したのは、篠原泰之進《しのはらたいのしん》だった。篠原は新選組で監察を務めていた。あの組織の恐ろしさをよく知っている男だ。厳《いか》めしい表情で睨む篠原に、伊東は肩を竦《すく》めた。

「殺されに行くおつもりですか」

顔を蒼白にした富山弥兵衛《とみやまやへえ》が小声で問うた。

「近藤は、友を殺すような真似はしない」

また首を横に振った伊東は、前に立ちはだかった弟に穏やかな笑みを向けて言った。

「兄が信じられぬか」

「……兄上のことは心から信じています」

「ならば、私が信じた近藤勇を信じてくれ」

「なぜ……なぜですか、兄上……」

嗚咽《おえつ》を漏らしながら、三木は伊東に縋《すが》って掠《かす》れた声で叫んだ。伊東はそんな弟を胸に抱き、すらりとした手で彼の背を撫でた。この男は身体の隅々まで美しい――皆が三木の男泣きにつられて目を赤く染めている中で、平助はそんな場違いなことを思った。やがて、皆が伊東の意見を受け入れると決めた時も、平助は伊東の優美な手を見つめていた。

伊東が屯所を出た後、我に返った平助は駆けだした。ほどなくして追いつくと、先ほどの三木のように伊東の前に立ちふさがった。

「信じてくれぬのか。あれが偽りだったというなら、私も考えを改めよう」

眼に強い光を宿して言った伊東に、平助は思わず深々と頭を下げた。

「……もう決して疑いません。あんたのことも、近藤さんや新選組のことも」

歩きだした気配にゆっくり顔を上げると、伊東が平助の真横で足を止めた。

「己の義を貫き通すために、近藤と真正面から話し合って来る。もしも、近藤が私を裏切るようなことがあれば……」

斬ってくださいと低く答えた平助に、伊東はくすりと笑い声を漏らしながら頷いた。

「皆はそれを望んでいるようだが、生憎《あいにく》今日はいい酒が呑めそうな気がするのさ」

「呑みすぎないでくださいよ。若いつもりかもしれませんが、もういい歳だ」

「お前は口が悪い。せっかくの可愛い顔が台無しだぞ、平助」

高らかに笑った伊東は、平助の肩を叩き、再び歩みだした。青竹のようにまっすぐ伸びた背を、平助はいつまでも見つづけた。それが、生きている伊東を目にした最後になった。

酔った伊東が土佐人と諍いを起こし、深手を負った――その夜、月真院にそんな知らせが舞い込んだ。自力では動けぬため、迎えに来るようにと町方から伝言を受けた御陵衛士たちは、駕籠《かご》を用意して、伊東がいるという油小路七条《あぶらのこうじしちじょう》に向かうことになった。

「新選組にやられたのではないか」

皆が外に出ようとした瞬間、篠原が呟いた。

「先生が深酒をし、諍いを起こすとは思えぬ。これまで喧嘩の一つもされてこなかった方だ。その話は嘘で、まことは新選組の手に――」

「……あの奸賊《かんぞく》ばらめ。成敗してくれる」

篠原の言が終わらぬうちに、服部が身を震わせながら雄叫《おたけ》びを上げた。その勢いで屯所を飛びだした服部を、富山が慌てて追った。

「……仇討だ。不動堂村《ふどうどうむら》に行くぞ」

「あの馬鹿でかい屯所に乗り込む気か。四方八方から囲い込まれ、一瞬で殺される」

それでも殺す――血走った眼で吐き捨てた毛内を見て、平助は口を噤《つぐ》んだ。毛内だけでなく、皆頭に血が上っている。このままではまずい。そう思った時、三木があぁと呻いた。

「兄上を連れ帰らねば……お一人で可哀想だ」

「新選組隊士が待ち伏せしているに決まっています。これは罠《わな》だ」

「……お前に指図される謂《いわ》れはない。俺たちの将は、伊東甲子太郎ただ一人」

三木の言葉にハッと目を見開いた加納と篠原は、顔を見合わせるや否や、駆けだした。

「行くな」と大声を発した平助の横を、毛内が走り抜けた。せめて三木だけはと手を伸ばしたが、三木は平助を突き飛ばし、駆けでた。

畳に座り込んだ平助は、胸元から取りだした懐刀を固く握りしめ、掠れ声を出した。

「どうしてだ……」

なぜか、別れた時の母の泣き顔が脳裏に浮かんだ。

＊

皆を追いかけながら、平助は何度も問うた。

(どうして近藤さんは伊東さんを裏切った。どうして協定など結んだんだ)

その答えは、近藤や伊東の中にしかない。平助がいくら想像したところで、彼らの真意が分かる日など来ない。もしかすると、伊東の中にはまだ秘密があったのかもしれぬ。それが露見し、新選組に殺されたのだろうか。

どうでもいいと平助は舌打ちした。伊東は死んだ。彼らがかわした密約など、今さら知ってどうなるものでもない。それを分かっていながら、どうしてという思いが湧いた。これまでもそうだった。幼い頃から疑問が浮かんでは、答えを出せぬまま忘れたふりをした。

どうしてだ。

どうして己はこうなのだろう。

伊東や山南ほどの知恵はない。沖田や永倉ほどの剣術の腕前もない。だが、平助は並の人間より秀でている。伊東たちが特殊なだけだ。それに、山南はもう死んでしまった。伊東もおそらくは――。沖田は不治の病に罹《かか》った。永倉は壮健そのものだが、彼は己の武士道と近藤への忠義との間で揺れている。そんな者が、事を為せるわけがない。

――逃げろ。

苦しげな声が蘇《よみがえ》った瞬間、足を止めた。

仰いだ空には、真ん丸に少し足りぬ月が浮かんでいる。まるで己のようだと平助は思った。平助はいつもどこか少し足りなかった。いくら努力しても、あとほんの少し足りない。懸命にすくいとった砂が、指の隙間からこぼれ落ちていくような心地がした。

逃げろ——再び響いた声に頷き、踵《きびす》を返した。数歩進んだものの、また止まった。己にはどこにも行く場所などなかったことを思いだして、平助は苦笑した。

駆けていった仲間たちは、伊東の死に頭に血が上っている。冷静になれば、自分たちがいかに愚かな行動を取っているか気づくはずだ。説得が上手くいけば、あるいは——それはひとえに、平助の手腕にかかっている。己の差配が、仲間たちの命を握っているのだ。

(……面白い)

武者震いした平助は、身を翻《ひるがえ》して駆けだした。先ほどよりもずっと速く、懸命に。仲間たちとの間にできてしまった距離を埋めるために、必死に頭を働かせた。

近道を駆使して先回りした平助は、皆を仁王立ちで待ち構えた。皆が平助の前に姿を現したのは、平助到着のほんの少し後だった。

「ここから先には行かせない」

平助の言葉に、皆は目を見張った。

「悔しくないのか……新選組が憎くないのか」

低い怒鳴り声を上げた毛内に、平助は首を横に振った。

「無論、悔しく、憎らしい。だが、それを理由に命を棒に振る気はない」

いきり立つ毛内を手で押し留めたのは、傍らにいた篠原だった。

「伊東さんの無念を晴らすよりも、この先の活動が大事か」

「どちらも等しく大事だ。伊東さんなら、大望が果たせなかったことが無念と思うはずだ」

「……藤堂の言う通りだ」

頷いた篠原に、加納が非難の声を上げた。

「そいつは近藤たちと旧知の仲だ。逃がすふりをして敵の陣へ誘《おび》きだすつもりかもしれん」

(ようやく本音を口にしたな)

ニヤリとした平助は、数歩進んで加納の前に立った。加納はいつも平助に何か言いたげな顔をしていたが、声を掛けてくることはなかった。ずっと平助を疑っていたのだろう。

加納が柄に手を伸ばしかけたのを認めた平助は、すっと頭を下げた。

「俺は皆を裏切って逃げようと考えた。それを詫びにきた」

突然の告白に、皆は息を呑んだようだった。ゆっくり顔を上げると、ほとんど皆が困惑したような表情をしていた。平助の意図を測りかねているのだろう。このまま煙に巻いて、己の意に従わせてしまおう——そう思い、口を開きかけた時、まっすぐな瞳で見つめてくる男に平助は気づいた。この男は誤魔化せぬと悟った平助は、彼の前に立って低く述べた。

「待っているのは、俺たちの首を狙う新選組隊士たちだけだ。それでも」

「俺は行く。伊東さんが待っている」

平助の言を継いで答えた服部は、静かに歩きはじめた。他の皆も続いた。決意の籠った顔をした男たちが、平助の横を通りすぎていく。振り返って彼らの行き先を見た平助は、目を瞬いた。道の先に美しい男が立っているように見えたが、違ったらしい。それとも、早々と化けたのだろうか。伊東は見目に似合わず、無茶をする。そんな伊東を皆が慕い、平助も信じた。伊東は死んだが、あの誓いを撤回する気にはなれなかった。

——私を信じてついてきてくれ。

つい数日前に掛けられた言葉が、平助の心を縛る言霊《ことだま》になった。厄介な男を頭にしちまったと嘆息した平助は、口角を上げて言った。

「前言撤回だ――俺も行く」

平助の言に、皆は足を止めた。振り返って「死ぬぞ」と言ったのは、眉を顰めた加納だ。

「それとも、仲間に逃がしてもらうつもりか」

「ほう、お前が逃がしてくれるのか」

平助の言に、加納はぐっと詰まったような顔をした。高らかな笑い声が響いた。驚いて見ると、服部が腹を抱えて笑っていた。

「一本取られたな。加納、お前の負けだ」

舌打ちした加納は、早足で歩きだした。それに倣《なら》うように再び進みはじめた皆の後を、平助は小走りで追いかけた。

「伊東先生を迎えにいくぞ」

毛内が腕を振り上げて言うと、皆は「応」と返事をした。まるで普段通りの――それよりも和やかな様子の仲間たちを眺めて、平助は大きな目を眇《すが》めた。

(死んでくれるなよ)

死を覚悟するなど糞くらえだと平助は思った。敵の懐に飛び込んだ伊東も、脱走した山南も、きっと生きていたかったはずだ。機や運に恵まれず、死んでしまっただけだ。この世に生きる者は皆、己の想うままに生きたいと願っている。それが叶うことが少ない無常な世だが、平助は山南のようにそれを儚《はかな》んで死ぬ気などなかった。

生きて、生きて、生き抜いてやる。

滲《にじ》みかけた視界を誤魔化すために、平助は再び空を見上げた。雲に隠れた月は、いくら探しても見当たらなかった。


油小路七条――伊東の軀《からだ》が晒《さら》されている場所にたどり着いた。

変わり果てた伊東の姿を目にして、三木が「兄上」と悲痛な声で叫んだ。泣き崩れた三木の横で、加納と富山は息を詰め固まった。

「伊東先生……なんということだ……」

篠原が珍しく取り乱している。毛内は敵を見るように伊東を睨み、服部は静かに手を合わせた。平助は無残な伊東の姿を見つめた。

伊東の死に顔には、うっすらと笑みが浮かんでいる。無念さに顔を歪めているものだと思ったが、伊東は生前と何ら変わらなかった。

(流石《さすが》は俺が選んだ男だ)

ニヤリとした平助は、篠原を横に突き飛ばした。何を——と非難の声を上げかけた篠原は、ハッとした様子で柄に手を掛けた。

うおおおおと太い雄叫びが響くと同時に、幾人もの男たちが暗闇から出てきた。あっという間に平助たちを包囲したのは、武装した新選組隊士たちだった。物陰に隠れて、平助たちが来るのを待ち構えていたのだろう。御陵衛士たちは一斉に駆けだした。

「三木さん、そのまま抜けろ。皆、続け！」

平助は刀を抜きながら叫んだ。包囲網の中で唯一手薄だった場所にいた三木は、大きな体格を生かし、向かってきた新選組隊士に体当たりしながら前に進んだ。転んだ一人に巻き込まれた敵の数人が、つまずき、転んだ。相手が怯んだ隙に、三木が切り開いた道を、篠原と富山が走り抜けた。

「お前も行け」

平助は加納を手で押しながら、鋭い声を上げた。平助の剣幕に、加納はたじろいだ。

「仲間を置いては行けぬ」

「無駄死にするな。その代わり、必ず仇を討て」

平助の言に目を見開いた加納は、唇を噛みながら頷き、駆けだした。逃げる三木たちを、新選組隊士数名が追った。

油小路にはまだ大勢の新選組隊士がいた。こちらの出方を窺《うかが》いながら、じわじわと距離を詰める。平助は刀を構えたまま、数歩後退《あとじさ》りした。背と肩に温かなものがぶつかると、平助は前を見据えたまま、さては逃げ遅れたなとからかうような声を出した。

「俺は残ったんだ。逃げるなら今だぞ」

毛内の答えに、平助は思わず笑った。四方八方を囲い込まれた平助たちに、逃げ場はない。毛内もそれを承知でこの場に残ったのだろう。背後から、息を吐く音がした。

「――服部武雄、参る」

服部の上げた大音声《だいおんじょう》をきっかけに、平助と毛内は駆けだした。

「毛内有之助、参る」

服部に負けじと声を張り上げた毛内は、近くにいた新選組隊士に斬りかかった。キンッと響いた硬質な音を聞きながら、平助も敵の中に突っ込んでいく。

「平助参る」

藤堂の姓を敢えて名乗らなかった平助は、こいつだ、と狙いを定めた隊士に突きを繰りだした。びしゃりと鮮血が飛び散った。喉を突かれて倒れた相手は、平助の配下にいた者だった。分隊すると告げた時、平助の身を一番案じてくれたことを、平助は今になって思いだした。

(行き先は地獄と決まったな)

口の端を歪めた平助は、右肩を狙っての攻撃を間一髪避けた。しかし、今度は左から腹を狙われて、素早く刀で弾き返した。正面から迫りくる刃をかわしつつ、対峙《たいじ》した相手のがら空きになった胴を薙ぎ払う。血しぶきを浴びながら、平助は軽やかに身を翻し、後ろで震えている隊士を斬り捨てた。

「流石は魁先生だ」

毛内の素直な賞賛を受けた平助は、戦の最中というのも忘れて笑い声を立てた。

「あんたも上々の働きぶりだ」

褒め返したが、応えはない。その時、左右から同時に斬り込まれ、平助は右上腕を浅く斬られた。その痛みに耐えつつ、刀を振った。ようやくのことで、何とか両隊士に深手を負わせた平助は、毛内の声が聞こえた辺りに視線をやった。

血だまりの中に誰かが倒れている。身体中をずたずたに引き裂かれた惨《むご》たらしい軀を、平助は呆然《ぼうぜん》と眺めた。

「これで終わりか」

我に返ったのは、服部が上げた大声だった。服部の周りには、屍《しかばね》の山ができていた。中には息のある者もいるのかもしれぬが、血の海の中に大勢が倒れている。右と左の手に刀を持った服部は、彼の凄《すさ》まじい殺気に慄《おのの》き、尻込みしている新選組隊士たちの許に駆けた。肉を断つ鈍い音と、刀の刃がぶつかり合う硬質な音が、不気味に響いた。服部の凄まじい奮闘ぶりは、味方であるはずの平助でさえ、寒気がした。だが、負けるわけにはいかない——そう思った平助は、服部がいる方に走りだした。その素早さに、近くにいた新選組隊士たちは反応が遅れ、少し経って追いかけてきた。

(俺は魁先生だ)

一太刀はいつも己のものだった。今回ばかりは服部に譲ったが、その負けを勝ちに転じる方法があった。向かうところ敵なしといった服部を、背後から狙う影が見えた。平助はあの影を斬ると誓った。

あと数歩でその影を捉えるという時、がくりと身体が妙な動きをした。何だ、と振り返ると、血走った眼と視線があった。追い詰められた獣のように、怯えきっている。武士のくせに情けねえと平助は眉を顰めた。上手く動けぬことに気づいた平助は、身を捩って逃れようとしたが、なぜか力が入らない。

ずぶっと嫌な音が響いた瞬間、平助の身は自由になった。傾いた身体が地に投げだされた。倒れた己の身からどくどくと流れでる血を見て、平助は己が斬られたことを知った。

平助――悲痛な叫び声が響いた。

それが原田だと分かった平助は、鼻を鳴らした。急ぎ駆け寄る足音と、怒鳴り声が聞こえた。これはおそらく永倉のものだ。己を斬った者も、友の姿も見えなかった。

薄れゆく意識の中で、平助は空を見上げた。

どうせ何も見えぬと諦めた時、雲の隙間から、少しだけ欠けた丸い月が姿を現した。

(やはり足りぬが、それくらいが面白いのかもしれん)

不思議と満足がいったのは、そこに彼《か》の人の姿を見たせいだろうか。うっすらと笑みを浮かべた平助は、月との名残を惜しむように、ゆっくりと目を閉じた。

決死剣

土橋章宏

一

「負け戦だな」

永倉新八《ながくらしんぱち》の後ろにいた土方歳三《ひじかたとしぞう》が言って粘《ねば》っこい息を吐いた。

新選組が陣取っている伏見《ふしみ》奉行所のそこここからは激しい炎が上がり、冬の夜空を焦《こ》がしている。火の粉《ひこ》を浴びた新八の着物にも小さな穴がいくつかあいていた。

緒戦で虎の子の大砲一門を御香宮《ごこうのみや》に向けて発射したが、むしろその炎が薩軍の銃撃の的となり、陣地はすでに落ちる寸前である。

「歳、引くのか？」

新八が少し皮肉を込めて聞いた。

新選組が逃げることはない。〈士道不覚悟〉の者は抹殺《まっさつ》か切腹。そんな死の掟《おきて》があったからこそ、新選組は無敵であり、恐れられたのである。

「いや」

土方が答えた。

「だろうな。ではどうする？」

「言いかねていたが……」

「なんだ」

「永倉君。ここは君が死んでくれ」

新八は土方の目を見つめた。いつもと変わらず、涼しげで曇りのない黒い瞳である。鳥羽《とば》伏見の戦いの初日であった。

＊

この戦いの少し前、慶応《けいおう》三年（一八六七）十二月十三日――。

京の堀川町《ほりかわちょう》にある新選組屯所《とんしょ》の広間には、助勤《じょきん》や伍長《ごちょう》などすべての幹部たちが集まっていた。

「我らは京を引き払うことになった」

局長の近藤勇《こんどういさみ》が言った。

「なぜです、急に」

二番隊組長の永倉新八が気色ばんでたずねた。今まで新選組は徳川慶喜公《とくがわよしのぶ》とともに、ずっと京におり、京の街を守ってきた。

「なぜって上様がいなくなったからな」

副長の土方歳三がさらりと言った。

「上様が二条城《にじょう》をお出になられたと？」

「昨日の夜のことらしい。新政府に恭順《きょうじゅん》の意を表すため大坂《おおさか》に向かわれたそうだ」

近藤は言ったが、その顔色は冴えない。諸藩の屋敷をまわり、見識者たちの意見を聞くようになって、かつての覇気《はき》がなくなってきている。

大政奉還《たいせいほうかん》をして以来、もはや慶喜を〈上様〉と呼べるかどうかも怪しかった。王政《おうせい》復古《ふっこ》の大号令《だいごうれい》の後は、日の本のことは有力大名の諸侯会議による新政府で決定されている。

「怯懦《きょうだ》でしょう」

「永倉君」

土方が即座に注意した。しかし土方自身も同じ思いでいるはずである。語気の荒さは慶喜公に向けられたものでもあるのだろう。

慶喜が大政奉還したにもかかわらず、大久保利通《おおくぼとしみち》や岩倉具視《いわくらともみ》は慶喜に対し辞官納地《じかんのうち》を命じた。徳川全四百万石の半分、二百万石を手放し、内大臣も辞任せよというのである。

他の大名には領地を手放せと言わないのだから、言いがかりというほかはない。

それでも慶喜は穏便に、新たな議会の長となるため、身を引いた。勤王色の強い水戸《みと》家の出だからというのもあるだろう。

だが武力の権化のような新選組にとっては、なんとも歯がゆい慶喜の動きであった。

「おい、俺たち、やばくねえか」

原田左之助《はらださのすけ》が新八の後ろでつぶやいた。

「ああ。どうもうさんくさい」

斎藤一《さいとうはじめ》が答える。

「また脱走者が出そうだな」

原田がさらに言った。他の隊士たちの間にも不安のざわめきが広がる。

「私語は慎《つつし》め」

土方がにらみをきかせると、広間はしんと静まった。

「では、さっそくかかれ」

近藤が言って、席を立とうとした。

「その前に、今ひとつ」

新八がまた口を開いた。

「なんだ、永倉君」

近藤が大きな目で新八のほうをぎろりと見た。

「おのおの方はこれから、何ゆえに戦うのか聞きたい」

「なに？」

近藤の表情がくもった。

「我らは皆、攘夷《じょうい》という点では同じ考えを持つ。しかしこれからも慶喜公をかつぐおつもりか。戦おうとせぬあのお方を」

新八はぐいと幹部たちを見まわした。

ここまで思い切って言うのには理由がある。

この年の十一月、新選組は隊の中で勤王攘夷を唱えていた伊東甲子太郎《いとうかしたろう》たち御陵衛士《ごりょうえじ》を油小路七条《あぶらのこうじしちじょう》の辻にて粛清した。

衛士たちの中にいた藤堂平助《とうどうへいすけ》まで討たれたことが、新八にはひどくこたえた。藤堂は新選組結成当時からの仲間である。

　また、伊東一派掃討《そうとう》のあとも、隊士四名の脱走未遂と切腹の内紛があり、新選組は一枚岩とは言えなくなっていた。

　かつては何が正義で何が悪かがはっきりしていたが、今やどうするのが正しいのかわからなくなってきている。

「ときが来れば上様も戦うに決まっておる」

　近藤が語気を強めた。

「ならばよいが。今一度確かめておきたかった」

　新八はやっと引き下がった。

　合議が終わると新八は原田と連れだって飯を食いに出た。

　原田は伊予松山《いよまつやま》藩の出で、宝蔵院流《ほうぞういんりゅう》槍術《そうじゅつ》の名手として知られており、新八とは仲がいい。

「どうする、新八。京にはもう薩長の奴らが進駐してきているらしいぜ」

　原田が言った。この楽天的な男も、さすがにこれからのことが不安なのだろう。

「徳川方のほうが数は多いが、いかんせん士気が低い。大戦《おおいくさ》になれば負けるかもしれん」

天ぷら蕎麦《そば》をたぐりながら新八が言った。

幕府による二度目の長州征伐《ちょうしゅうせいばつ》は大失敗に終わっている。あのときも数は徳川方のほうが多かった。十五万もの兵を出したが、はなから逃げ腰であったのと指揮官のだらしなさのせいで大敗を喫し、幕府の権威を大いに失墜《しっつい》させる結果となった。

「伊東の言っていた、長き泰平《たいへい》の腐敗というやつか……」

原田が腕を組んだ。

旧弊《きゅうへい》を廃し、刷新して一丸となった新政府で諸外国にあたる。内乱しているときではない――。

伊東の言葉が近藤だけではなく、隊士の心にも忍び込んでいた。

「まあ、駆り出された親藩の者や旗本たちも、ろくに剣を構えられぬ有様とあってはな。腐敗と言われても仕方がないだろう。諸外国と戦ったばかりの薩長のほうがはるかに兵は精強だ」

「時流か」

言いつつ、原田が蕎麦にどっと七味をかけた。つゆが血のように薄くにじむ。

「うむ」

新八は頷《うなず》いた。薩長の志士たちは新たな日の本を作ろうとしている。攻める者と守る者。どちらに勢いがあるかは明らかだ。

伊東たち御陵衛士は粛清されたものの、残った者の間には不信感が漂っている。揺るがない志のもとに戦ってこそ士気は高い。

新選組は士道不覚悟を許さぬ鉄の規律の下でなんとか勢いを保ってきた。しかし、慶喜への不満はつのっている。

「皆、生命をかける値《ね》のある思想が欲しいのだろう」

「お前はどう思ってるんだ、新八？」

「わしか。わしは思想など、どうでもよい。佐幕《さばく》も勤王もな」

「えっ？」

原田がぽかんと口をあけた。

「俺は、これよ」

新八は腰の剣を叩いた。

「ははっ。さすがはがむしんだ」

原田がにやにや笑った。

がむしん、とは新八のあだ名である。新八の行動には、さほど複雑な理屈は必要ない。目標を決めたら、ただがむしゃらにそこへ向かって進むのみだ。

新選組に入って以来、新八の願いは一つ。〈剣〉である。

新八はただひたすら剣を極めんとして生きてきた。神道無念流《しんとうむねんりゅう》の免許皆伝となったあとは各地で武者修行し、江戸に戻ると、伊庭秀業《いばひでなり》の門人・坪内主馬《つぼうちしゅめ》に見込まれて師範代を務めた。やがて試衛館《しえいかん》で近藤勇と出会い、新選組の隊士となってからは、実戦の連続であった。新八にとっては願ってもない環境である。

新選組のために戦い、己の剣を磨く。

新八は、それだけでよかった。

しかし新選組が幕臣に取り立てられると、旗本となった近藤の態度が横柄《おうへい》になってきた。仲間をまるで部下のように扱い始めたのである。

新八がそれとなく注意したところ、

「君は元々武士ゆえな」

と吐き捨てた。

新八は唖然《あぜん》とした。そんなことにこだわっていたのか、と。

近藤や土方歳三が、百姓や薬売りであったことは知っている。しかし新八はそれをつゆほども気にしたことはなかった。大事なことはただ一つ〈剣〉であり、善し悪しは剣が強いかどうかである。

が、近藤はあくまで武士にこだわった。泰平の下、武家の勇猛や忠義などの荒々しい精神はとうに失われたのに、近藤は武士よりも武士らしくあろうとしていた。

「近藤先生は徳川を神聖化しすぎなのだ。お前ならわかるだろう、左之助。武士などというものはつまらぬものよ」

「まあな。あれは飾りのようなものだ。ただ、境遇の違いってのはなかなかわからんからな。持つものと持たざるものでは川のこちらと向こう岸よ」

原田が言った。

「しかし左之助。局長の迷いは隊全体の行く末に関わる。伊東にひかれていた者もまだ多いだろう。薩長が一枚岩なのに対し、我らがばらばらでは危うい」

「徳川方でさえ、我らの働きを面白くなく思っている者もいるしな。近藤さんが動けば動くほど、『あいつは生粋《きっすい》の武士ではない』と言う。腕もないくせに口だけはよく動く」

「そうだな」

旧幕府が兵を募り新選組が結成されたのに、できてみればむしろ扱いに困っているように見えた。京の人々にも〈壬生狼《みぶろ》〉と呼ばれ、軽蔑《けいべつ》される有様だ。

武士でありたいのに、武士とは認められない。

そのような鬱憤《うっぷん》に、もともと繊細な質《たち》の近藤は苦しめられているのだろう。思いのままになるのは、鉄の隊規で縛られた浪士たちだけであるから、それが傲慢《ごうまん》さとなって現れる。

「平助が死んだのは近藤のせいだ」

「新八、言い過ぎだ。歳に聞かれたらまずいぞ」

「ふん。新選組は江戸から京都まで共に苦労を重ねた者だけでよかったのだ。余計な者を入れるから」

「言っても始まらねえ。今は勝つしかねえよ」

左之助が不安を振り切るように言ったとき、

「永倉さん！」

と、沖田が呼びに来た。屯所から走ってきたらしい。

「どうした？」

「小常《こつね》さんが……」

沖田の顔色を見て、新八は走り出した。


「哀れな……」

布団に横たわる小常を前に新八は思わず目を閉じた。

小常は島原《しまばら》遊郭の亀屋《かめや》にいた芸妓《げいこ》で、新八の馴染《なじ》みである。女の子を産んだのを機に妻とした女だった。

しかし産後の肥立《ひだ》ちが悪く、ついにその命は絶えた。

新八は目を開けると冷たくなった手をそっと握ったが、もう握り返してくることもない。

色白で物腰の柔らかい京美人の小常は、戦闘に明け暮れた新八の心身をいつも癒《い》やしてくれた。夫婦となり二人で小さな居を構えたところであった。

しかし王政復古の大号令が出される中、戦支度《いくさじたく》で忙しい新八は身動きが取れず、見舞ってやることもできなかった。

残された娘のお磯《いそ》は小常の姉に預けられるという。

局の小使《こづかい》にことづてを頼み、小常を新勝寺《しんしょうじ》に埋葬してもらうことにした。

小常はもともと『つね』という名前だったが、近藤の妻も同じ名前だったので『小』をつけて小常としたのである。

(小さく名を変えて寿命を縮めたのではないか)

ふと、そんなことも思った。しかし終わったことゆえ、どうにもならない。せめて残っている者に何かをしてやらねば、と新八は思った。

それからほどなくして、お磯が乳母《うば》の岡田《おかだ》貞子《さだこ》に抱かれて会いに来た。引っ越しの準備に明け暮れる屯所ではとても会うことはできないので、新八は門外の八百屋《やおや》で待つように伝えた。手文庫《てぶんこ》の中の五十両を持ち出し、すぐに部屋を出る。八百屋に駆けつけると、幼子《おさなご》の泣き声が聞こえてきた。

奥に通され、障子《しょうじ》を開けると、乳母が抱いたおくるみの中に小さな女の子が見えた。目に涙を溜めて泣いている。新選組のいかつい男たちを見慣れた新八の目には、それは奇跡の細工のように映った。

「お磯ちゃんです。さ、抱いてあげてください」

貞子が泣いているお磯を差し出した。

新八が震える手で受け取ると、お磯は不思議なことにすぐ泣き止んだ。つぶらな瞳でじっと見つめてくる。

「あら、わかるのね……。お磯ちゃん、ととさまですよ」

「……お磯」

おっかなびっくり呼びかけると、お磯が少し笑ったように見えた。整った鼻筋は小常に似ている。あの女は、この子の中に生きているのだと思った。

「この子を引き取っていただくことはできますでしょうか」

貞子が遠慮がちにたずねた。

「引き取る？　わしがか」

驚いて聞き返した。

「小常さんの遺言なんです。この子のためにもお願いします、と」

新八は無言で腕を組んだ。今から薩長と決死の闘いに挑む自分が、幼い子を育てていけるはずもない。しかしお磯は母を失っている。親は自分一人なのだ。

不憫《ふびん》に思いながらも新八は言った。

「この子を江戸松前《まつまえ》藩邸の永倉嘉一郎《かいちろう》に送り届けてもらいたい。嘉一郎はわしの従兄弟《いとこ》だ。ここに五十両ある」

新八はお磯を貞子に返すと、金子《きんす》と巾着《きんちゃく》を取り出した。

「この巾着は伯母《おば》の形見ゆえ嘉一郎にもわかる。きっと引き取ってくれるはずだ」

「はい……」

すべてを了解した貞子の目に涙が浮かんだ。お磯の行く末を案じたのだろう。

「泣くな。わしとてこれが最初で最後になるやもしれぬ。明日をも知れぬ父を持つとは哀れよ。お磯のこと、しかと頼んだぞ」

「はい」

貞子が気丈に涙をこらえる。

新八はまだ幼いお磯の頬《ほお》をそっと撫でようとした。

――と。

お磯が無邪気にその指を握った。

「おお……」

そこには柔らかな力がある。新八の目にもついに涙が盛り上がった。

(生きる意味など、これでよいではないか)

新八は、ようやく腑《ふ》に落ちた気がした。

生きるために、誰のものかわからぬ思想などいらない。ただ目の前にある生を懸命に生きればよい。

「何も教えぬうちから、そなたに教えられるとはな」

新八はお磯に微笑《ほほえ》みかけた。せめてひと目だけでもと会いに来てくれた貞子にも礼を言い、屯所に帰った。

二

屯所を引き払った新選組は伏見奉行所に陣取った。

隊はなおもまとまらず、小林敬之助《こばやしけいのすけ》という内通者を密殺せねばならなかった。新八が、伊東甲子太郎の残党への密通の手紙を拾ったことから、裏切りが露見したのである。

そして年も暮れようとする十二月十八日、今度は近藤が撃たれたという報が入った。

新八たちがすわと駆けつけると、敵はすでに消え、現場には石井清之進《いしいせいのしん》と、近藤の従者・久吉《ひさきち》の骸《むくろ》が転がっていた。

近藤は大坂城で療養することになり、新選組の指揮は副長の土方歳三が取ることになった。

年が明けると、正月早々、新選組の幹部が集まり鏡を割った。

招集したのは土方である。

「おのおの方、元日に呼んで申し訳ない。薩長との戦がいよいよ迫り、のんびり新年を祝えるのも今日くらいだろう」

土方がやや陰気に笑った。

「向こうもさすがに今日はゆっくりしているのでしょうね」

沖田総司が頬を赤く火照《ほて》らせて微笑んだ。療養中の身だが、今日は珍しく血色がいい。

(総司が頑健な体を持っていたら、どれだけ活躍できたことか)

新八は思う。なぜこの俊英が労咳《ろうがい》などにかかってしまうのか。

沖田は九歳の頃より試衛館に入門してその天賦《てんぷ》の才を発揮し、塾頭となった。そのころ、藤堂平助や山南敬助《やまなみけいすけ》などがよく沖田と稽古したが、ほとんど子供扱いで、打たれないのは師範の近藤くらいであった。もっとも、それは師匠への敬意ゆえだったのであろうと新八は思う。

「それでのう」土方が口を開いた。

「今日、慶喜公が討薩《とうさつの》表《ひょう》を発せられた。上京の御先供《おさきども》として京を封鎖せよということだ」

原田が膝を叩いた。

「いよいよか！　ここが天下分け目の戦いだな」

「関《せき》ヶ原《はら》のやり直しか」

新八もさすがに興奮を覚え声が大きくなった。内部の者を嗅《か》ぎまわったり、粛清したりするより、敵が目の前にはっきり見えているほうが、はるかにいい。

このときの薩長の思惑は、かつて豊臣《とよとみ》方を完膚《かんぷ》なきまでに潰しにかかった徳川家康の考えに似ている。

秀吉《ひでよし》の遺言を守らず、石田《いしだ》三成《みつなり》を挑発して葬り、さらに難癖をつけて大坂城の堀を埋め、家康はついには秀頼《ひでより》を亡き者にしてしまった。支配者が交代するときには往々にしてあることだが、新しい盟主は旧主の一族を根絶やしにしようとする。薩長は、徳川およびそれに与《くみ》した会津《あいづ》などの佐幕派を完膚なきまでに滅したいのであろう。勤王の志士を斬りまくった新選組など、その最たるものだ。生き残らせるわけにはいかなかった。

奇《く》しくも二条城を出た徳川慶喜は、かつての秀頼のように大坂城に閉じこもっていた。

ただ、大坂の陣と違うのは、閉じこもったほうの徳川方の兵のほうが、薩長より数が多いということだ。動かなければ負けはない。

そのため、天皇を護持した薩長の新政府勢力は、やれ慶喜が好き勝手に京を出ただの、謀反だのと露骨に言い立て、討幕の密勅を手に入れた。江戸においては攘夷倒幕派浪人が度重なる騒乱行動を起こし、薩摩藩邸が匿《かくま》っていたため、老中稲葉正邦《ろうじゅういなばまさくに》の命により庄内藩《しょうない》が江戸薩摩藩邸を焼討ちした。

これにより、薩長は倒幕の口実を得、旧幕府軍の中でも薩長との決戦を望む声が高まり、やむを得ず慶喜は上京の御先供という名目で、京都への出兵を指示した。挑発は成功したのである。

もっとも、このときまだ慶喜は事態を楽観視していた。旧幕府軍が進軍すれば、薩長は慌てて軍を引くと思っていたのである。

徳川幕府を神聖化して疑わなかった近藤勇と同じように、慶喜自身もまた思い込みから逃れられなかったのかもしれない。

ここにおいて、大政奉還後に議会で首班となって日の本支配を続けようとした慶喜の策は、風前の灯火《ともしび》となった。

「して、われわれの配置は？」

新八が聞いた。

「会津、桑名《くわな》と共に伏見だ。徳川主力の幕府歩兵隊は鳥羽《とば》街道を進む」

土方の声が弾んでいる。大戦を前に高揚しているらしい。

「局長の傷はどうだ？　まだいかんのか」

原田が聞く。

「まだ無理らしい。総司」

「はい」

「お前が局長についていてくれ」

「しかし……」

「もう戦える体じゃないだろう。局長と一緒に松本良順《まつもとりようじゆん》先生に手当してもらえ」

「承知」

沖田が悔しそうにうつむいた。

新選組から脱けたい者がいると思えば、戦いたいのに戦えない者もいる。

結局、新選組の本尊は、江戸から京都まで苦労を共に重ねた、生え抜きの少数の者たちなのだろう。

（大きくなりすぎたのだ）

新八はまた思った。新選組に入れば会津藩の武士になれるということが、多くの有《う》象無象《ぞうむぞう》を引きつけることになった。勤王思想の伊東甲子太郎が新選組に入ったのも、清河八郎《きよかわはちろう》のようにその勢力を利用せんとしたためである。

近藤も思想にこだわりすぎ、精彩を欠いている。武士になる夢をかなえてからの近藤はくすんでしまった。

新八は試衛館にいた頃が無性に懐かしかった。

土方が簡単に年賀の宴会をしめると、お互いが思い思いに散っていった。明日から、すぐ出陣である。

新八は新年の静かな町並みを沖田としばらく歩いた。

「無念です」

沖田が吐き捨てるように言った。

「また戦いの場もあろう。治すことに専念すれば……」

「本気でそうお思いですか」

沖田が珍しく声を荒らげた。

「何がだ」

「戦いの場など、もうないのかもしれない」

「どういうことだ」

答えはなかった。沖田もまた、新選組が変わってしまったことを感じているのかもしれない。

「死に場所を探しているのか」

新八は問うた。

沖田がかすかに頷いたように見えた。新選組があるうちに、近藤に殉《じゅん》じる。それが沖田の思いなのであろう。

「では今度の戦に出ればいい。血色も良さそうではないか」

新八が言った。

「これは違うのですよ」

沖田が自嘲《じちょう》するように薄く笑った。

「どういうことだ？」

「女ですよ。永倉さんも聞いたことがあるでしょう。労咳の者が女と交わるとどうなるか」

「ふむ……」

新八は、島原の遊郭で聞いた話を思い出した。

労咳にかかった芸妓は、狂ったように男を求めることがあるという。その体力は底なしで、一晩中でもまぐわうことがある、と。

「気を慰めるため、私と同じような労咳の女を贔屓《ひいき》にしたのですが、これがやみつきになってしまって。体がいつもいつも女を求めるようになるのです。そうなると体が火照り、体力も異常に湧くようなありさまで……」

「ほう、よいではないか」

「いえ、長くは続かないのです。ほら、あれですよ。消える寸前のろうそくが、またたいて大きくなるという……。四半刻《しはんとき》（三十分）もすると、死んだようにぐったりしてしまうのです」

「今がまさにそのときか」

新八は沖田を見つめた。わずかに目が血走っている。

「はい。これからまた女の所に行こうかと思っていたのです。皆が戦に出ようというときに、何が一番隊組長なものか……」

沖田が唇を噛《か》んだ。沖田が戦に出られない今は、新八が一番隊の長も兼ねている。

「お主とはもう会うこともあるまいな」

新八は言った。自分もまた、なぜか次の戦場が最後のような気がしている。

「……はい」

新八の思いを受けたのか、沖田も素直に頷いた。

すると新八の胸に不憫な思いが湧き立ち、足を止めた。

「立ち合うか、わしと」

「えっ？」

沖田が驚いた顔をした。

「お主の剣も戦場に連れて行ってやる」

「……本気ですか？」

「ああ」

沖田がじっと新八を見た。

「わかりました」

言うやいなや、沖田の満身から気が噴き出した。

かつては試衛館の塾頭として、稽古が荒っぽすぎると恐れられ、師範の近藤より「弟子がいなくなるぞ」と苦言をもらうほどだった男である。

どちらからともなく道ばたの竹藪《たけやぶ》に踏み入ると、少し広まった場所で足を止めた。

見合うと同時に、静かに剣を抜く。

沖田の構えは近藤に似ていた。右足を前に半身となり、平晴眼《ひらせいがん》の刀を右に開いて、刃は内側を向く。しかし太刀先だけは近藤と違って、やや下がり気味だった。

「永倉さん。本当にやりますよ」

沖田は「死んでもいいのですか」という問いを言外に含ませている。もとより新八はそのつもりだ。

「かまわん」

新八の返事を聞いて沖田がふと笑った。

「あなたは剣のためでしたね」

「ああ」

新八も、少し笑って下段正眼に構えた。新八が人と語るには、剣をおいて他にない。沖田が自分の生き方を理解してくれているとわかり、純粋な剣士としての喜びがわき上がってきた。

沖田は新選組の中でも一番の使い手であろうと新八は思っている。かつて会津侯上覧試合で対戦した斎藤一の突きも鋭かったが、病の発作の出ていないときの沖田のほうが、上手《うわて》ではないか。

その沖田に勝てば自分が新選組で最も強いこととなる。そして今、純粋な剣士としてこの鬼才と戦うことができる。

新選組から御陵衛士となり、明治まで生き残った阿部十郎《あべじゅうろう》はこう言い残している。

「新選組では永倉、斎藤、沖田等がよくつかった。永倉は沖田より一歩稽古《けいこ》が進んでいたようだ」

伊東に心酔していた阿部は、新選組をただの人斬りの群れだと憎んでいたため、その評価に依怙《えこ》贔屓はないだろう。

新八はかつて沖田と試衛館で何度か手合わせしたが、それは竹刀《しない》による稽古であった。お互いの強さを確かめ合っただけにすぎず、新八は自分の手をすべてさらしたわけでもなかった。沖田と敵対することはないと思っていたが、剣士の本能なのか、どこか本気を隠していた。

新八の下段を見て沖田が唇で笑った。

「龍尾剣《りゅうびけん》は近藤さんの技です」

手の内は知っているというのだろう。確かに、新八の構えた剣は天然理心流《てんねんりしんりゅう》の技である。

だが、技を編み出した者が、その技を一番使いこなせるというわけでもない。

龍尾剣は、打ってきた相手の剣の切っ先ぎりぎりをこちらの刀の鍔元《つばもと》で受け、すり上げて、相手の胴を斬り降ろすという、後《ご》が先《せん》を制す技である。

剣の見切りがもっとも物をいう。新八にはその点において自信があった。

二人の剣気が満ちていく。

沖田の剣がまっすぐに走ってきた。

刹那（せつな）、龍尾剣を熟知しているのに先に仕掛けてくるのは、初太刀《しょだち》に絶対の自信がある証《あかし》だ。

だが、新八も沖田の手の内を知っていた。

三段突き——。

一歩踏み込むうちに、三度突き出される神速の剣だ。

突きは死剣とも呼ばれ、外されてしまえば、剣を引き戻すまでの一瞬の空白を無防備で打たれてしまう。放つのには覚悟が必要だ。

しかし沖田の突きは違う。最初の突きをかわしても、瞬時に次の突きが繰り出されるのである。しかも三度もだ。

新八はその三度目の突きを狙っていた。三度目の突きは、一度目に比べ、かなり力が失われており、龍尾剣でからめとることができる。

体感ではタ、タ、タンと切っ先が来る。何度か試衛館で防具の上から受けたことがあった。最後のタン、のところを鍔元で受け、あとはこちらの剣先——龍の牙を振り下ろせばよい。

沖田の剣は予想通りの速さで飛んできた。

タ、タ、と来る二撃をできるだけ引きつけてから、紙一枚の間でかわし、タンという三撃目の剣を鍔元で捕らえに行く。
(捕らえた！)

そう思った刹那、沖田の剣は恐るべき速さで引かれた。下段から翔《か》け上がった新八の剣は虚《むな》しく空を切り、その軌道の後ろから、再び沖田の剣の切っ先がまっすぐ飛んで来た。

(なっ⁉)

新八は驚愕《きょうがく》した。もちろん、神速の剣を互いに疾《はし》らせる中、そんな風にのんびりと考えていたわけではない。極限の集中のなか、頭の中で言葉とはならなかったが、本能がその正体を見破っていた。

四段突き――。

新八の手は我知らず旋回し、四度目の突きを刀の柄《つか》で受け止めた。刀の柄には刃の心金《しんがね》が半ばまで通っている。

新八の右手と左手の間に沖田の剣の切っ先がびぃいんと突き立った。

(得たり、夢想剣《むそうけん》)

それは神道無念流口伝《くでん》の奥義《おうぎ》であった。

今度は沖田が驚愕の色を浮かべている。

〈夢想剣〉の極意は「夢の中で動くように動け」ということである。夢の中にいるように、何も考えずに剣を振るうことだ。

これまで新八はそのようなことができるものかと考えていた。所詮、はったりの絵《え》空事《そらごと》ではないか、と。

しかし、娘のお磯が新八の指を握ったとき、新八は悟った。生まれたばかりの、何も考えていない動きである。

赤子のように無心夢想で戦うことこそ奥義だった。数多《あまた》の剣の型は、当然のごとく体に染み込んでいる。考えなくてよい。

四段目が来た瞬間、新八は夢想のまま、死中に活を求めた。

渾身《こんしん》の気合いを込めて、剣を沖田に押し戻す。

神道無念流は〈力の剣法〉と言われる。竹刀稽古においてもけして軽く打つこと許さず、したたかに芯を打つ。

強く押された沖田はその力を利用し、三間も飛びすさった。

構え直すつもりだろう。

(再び受けられるのか、あの突きを)

新八の背に冷たい汗が流れた。

四度目の突きがあるなら、三度目の突きを横に薙《な》いでくることもできる。そこを見誤れば受けも危うい。

(ならばこっちから行くまで)

新八は神道無念流、立居合《たちいあい》の構えを取った。突いてくる瞬間を狙う、相打ちしかない。

……と。

沖田が膝をつき、喀血《かっけつ》した。

「総司！」

新八は刀を捨て、駆け寄った。

「ひどいや、永倉さん……。あんな剣を隠してるなんて」

沖田は咳《せ》き込みながら笑った。

「お主こそあの突きはなんだ。死ぬかと思ったぞ」

「こっちは今の剣ですっかり寿命を使い切りましたよ」

沖田が目を閉じた。頬の色はひいて真っ青である。

「馬鹿な。お前はまだまだ生きられる」

「慰めはよいのです。自分の体ですから、よくわかります。……しかし、あの技を使うような相手にはもう巡り合わぬと思っていました。あれをかわすのですから、さすが永倉さんです」

沖田が微笑み、また一つ咳をした。

「なんの。僥倖《ぎようこう》であろうよ」

「永倉さん……。新選組を頼みます」

沖田が新八の手を握った。

「総司……」

「新選組は、私のすべてでした」

沖田がさらに喀血した。新八は懐から懐紙《かいし》を出し、口元を拭《ふ》いてやった。

「任せておけ。無様《ぶざま》なようにはせぬ」

「……お願いします」

沖田はよろよろと立ち上がった。雪の上に散った血が鮮やかなのが腹立たしかった。

いい奴から死んでいく――。

新八はむしょうに小常の酌《しやく》で酒が飲みたくなった。

しかし小常も、もはやこの世にない。

三

正月二日、旧幕府軍は鳥羽街道を北へ進軍した。

三日の夕方には、小枝橋《こえだばし》で街道を封鎖していた薩摩藩兵と、大目付《おおめつけ》滝川具挙《たきがわともあき》のいさかいに端を発し、銃声が上がると、伏見でも御香宮から大砲が次々と発射され、奉行所に数十発の砲弾が飛んできた。

このとき、京周辺の兵力は薩摩藩率いる新政府軍が五千名、旧幕府軍は一万五千名ほどである。

鳥羽では指揮官の失態が重なり、狭い街道での縦隊突破を繰り返すのみで、薩軍のミニエー銃による弾幕射撃の前に、旧幕府軍は無残な死を遂げるばかりであった。京を包囲し、街を焼く覚悟があれば勝利も固かったが、後世に汚名を残したくないという慶喜の見栄《みえ》のため、あたら多くの命が露と散った。

関ヶ原と同じく、各地の諸大名が物見を決め込む中、勇猛に戦ったのは桑名、会津、そして新選組のみであった。

しかし皮肉にも、伏見方面には新式の銃がほとんど渡っていなかった。フランス式に調練された旧幕府の歩兵隊は、薩長と同じくミニエー銃を持っているが、士気の低さはいかんともしがたい。

新選組が陣取った伏見奉行所が薩摩軍から激しく砲撃を受ける中、土方が言った。

「永倉君。ここは君が死んでくれ」

新八は土方の目を見つめた。

このままでは好き放題に砲撃されるのみである。

「今日はわしが死番《しにばん》か」

新八は笑った。〈死番〉とは、新選組の得意とする集団戦術の中で、文字通り「死に体」となって一番手を担う者である。

かつて油小路にて抹殺された御陵衛士の服部武雄《はっとりたけお》は、沖田と並ぶ剣の使い手であったが、この新選組の集団戦術の前には為す術《すべ》がなかった。死番として斬りかかった原田左之助と打ち合ったとき、間髪入れず他の隊士が次々と斬りかかった。草原の草のごとく絶え間なく襲いかかることから、これを〈草攻剣《そうこうけん》〉という。

服部ほどの猛者《もさ》も体勢を立て直せず、ついに倒れた。

死番は当番制であるため、その日に当たれば断ることができない。

「どうする」

土方が問うた。

「歳。勇のことをどう考えている」

新八はぽつりと聞いた。かつて江戸の片田舎にいたときは、名前で呼び合う仲だった。

語るのもこれで最後と土方も心得ているようで、

「言いたいことはわかる」

と、うなずいた。

「あれではいかん」

「わかっている」

「では、どうして」

新八は歯を食いしばって問うた。

新選組を根本のところで支えていたのは、近藤ではなく土方であることを新八は理解している。土方の鋭い目が裏切り者を見抜き、ひそかに誅殺《ちゅうさつ》したことも数知れない。隊士たちの性格もすべて把握していた。

土方なら新選組を変えることができる。勤王に宗旨変えして、新政府軍についても構わないとすら思っている。

「近藤は友だ」

土方が答えた。

そのひと言で、この土方歳三という男の存在が腑に落ちた。己と同じく、佐幕や勤王の思想などどうでもよかったのだ。

土方は続けた。

「情勢がどうだからと変節するのも好かんしな。やり抜くのがいい。戦はまったくよい遊びだ。勇にとっても、俺にとってもな」

「遊び、というか」

「お主の剣と同じようなものよ」

「なるほどな。ふふ……」

土方にとって新選組は玩具のようなものだったのだ。そして近藤のために、その玩具の機能を忠実に伸ばし続けていた――。

「皆、それぞれのために新選組を利用していたのだな。勇も、お前も、そして伊東も」

新八は自分も剣のふるい場所として新選組を利用していたことに気づいた。

「しかしな、新八。面白かっただろう?」

土方が微笑んだ。

「うむ」

新八も笑みを浮かべた。

吹き抜ける風が気持ちよかった。

「よしやろう。死番もよいな」

否《いな》とは言わない。敵が大軍であれ、最新兵器のミニエー銃を持っているのであれ、新選組に退却の文字はない。なにより、沖田の剣も背負ってきている。

「がむしん、か」

土方の目に闘気が満ちた。

御香宮の敵方は奇襲に気づいた刹那、銃弾を浴びせてくるだろう。撃ち切った隙《すき》に新選組本隊は会津兵と意を通じ、反撃の構えを取る。旧幕府軍も加勢してくるはずだ。

それまで決死隊は新式銃の弾幕に耐えねばならない。

新八は隊士のほうを向き、大音声《だいおんじょう》を放った。

「今から決死隊が討って出る。続く者はいるか!」

「おう!」

新八の二番隊から返事が聞こえた。

名乗りをあげたのは、伍長の島田甲斐《しまだかい》、そして伊東鉄五郎《てつごろう》以下の十五人である。みなふてぶてしい面《つら》がまえをしていた。

(なるほど、武士だ)

新八は思った。農民出身の近藤が築き上げた、本物の武士の集団である。

「いざ!」

新八のかけ声と共に、決死隊が高さ二間の塀を越え、銃と大砲を構えた新政府軍に突撃した。

とたんに、ミニエー銃の餌食《えじき》となる。前込式の銃であり、弾の飛んでくる間隔はさほど短くないとはいっても、旧来の火縄銃とはわけが違う。照準もよく、急所に当たればすぐ致命傷になる。

(わしの剣とは何だったのか)

銃撃の中を走りながら新八はふと思う。

幼いときから剣を志し、神道無念流に入門して才を見いだされてからは、剣を極めたいがために家も継がず松前藩を脱藩した。新八はすべてを剣に賭けたのである。

そんな新八を藩は「殊勝である」とお咎《とが》めなしとしてくれた。

それからはひたすら剣の修行を重ね、幕末もっとも恐れられた新選組で一、二を争う剣士となった。

だがついに新八は剣の限界を見た。

（なんという戦だ）

新選組のこれまでの戦いは市街での白兵戦だった。が、これは違う。薩摩の大砲や銃の前で、剣はほとんど役に立たない。戦の趨勢《すうせい》は新しい武器をどれだけ持っているかに大きく左右され、新選組に剣の達人が集っていようと、もはや頼みにならないのだと悟る。

伊東甲子太郎の言によれば、小千葉道場にいた土佐《とさ》の坂本龍馬《さかもとりょうま》も、師範代でありながら、黒船を見ていち早く剣を捨てたとのことである。

（しかしわしに剣は捨てられん）

砲術を学んでもよいが、それは多分、剣とは性質の違う武器であろう。体を鍛える必要もない。ただ目がよくて、引き金を引ければよいのだ。あるいは女子でも勤まるかもしれない。

（そんなものは男ではない）

かった。
新八は思った。
薩軍は塁《るい》を築き、たくみに銃撃してくる。決死隊は立ち木を抱いて隙を突くほかな
新八が歯噛みしたとき、後方から声がした。
「新選組、突撃!」
振り返ると、高い塀の上に土方が立っていた。和泉守兼定《いずみのかみかねさだ》を抜き放ち、指揮をする
その体の間近を銃弾が飛び抜けて行く。
死番は新八だけではなかった。今や新選組全員が決死隊となっていた。
「新八!」
原田の声が聞こえた。十番隊も立ち木の群にとりついたらしい。
(やりようはある)
新八は新政府軍の陣営を睨《にら》んだ。
銃器が戦を決するといっても、最後は白刃戦になることも多い。弾丸をくぐり抜け
て本隊に食い込めば勝機はある。
新八は銃撃の弱まる隙をついて全力で走った。雨あられと飛んでくる銃弾が、時お
り体にめり込む。しかし鎖帷子《くさりかたびら》を着込んでおり、貫通はしない。衝撃はあるが、こ

らえればいい。顔や喉《のど》、足首になど当たらなければ動くことができる。

新八は両手で顔を防ぎながら突進した。やがて敵の司令官、島津《しまづ》式部《しきぶ》の姿が見えてくる。

「撃て撃てーい！　壬生狼など蹴散らしてしまえ！」

薩摩の陣では指揮官が、声をかぎりに叫んでいた。銃弾の中、命知らずにもまっこうから走ってくる姿を見て、肝を冷やしたようだ。

新八は雄叫《おたけ》びを上げ、先頭にいた薩摩兵に斬りかかった。まずは銃を持っている者を狙う。弾を込めるまでは丸腰だ。飛び込むと同時に新八は二人を斬って捨てた。

「銃撃隊、下がれ！」

指揮官が号令すると、複数の槍が突き出された。新八は目の前に出てきた槍のけら首を鍔元で受け、そのまま手元まですり上げて相手の指を切り飛ばした。龍尾剣の応用である。

さらに奥に押し入ると、抜刀した兵の中へ突っ込んだ。相手のただ中にいれば、銃弾は飛んでこない。

羅刹《らせつ》のように吠え四方に剣を振るった。沖田の剣に比べれば、薩摩兵の剣など遅い。相手の柄を狙って剣を撃ち込むと、面白いように空中へ指が飛んだ。

このとき新八は池田屋《いけだや》襲撃の夜を思い出していた。

壬生の浪士組となって初めての激戦である。突入したのは新八の他に、近藤、沖田、そして死んだ藤堂平助など少数だった。途中、沖田は喀血し、藤堂は額を割られた。近藤が二階で奮戦し、新八は奥の階段で長州の志士たちを迎え撃った。

そのさなか、相手を追い詰めて剣を振り下ろしたとき、力が入りすぎて床にあたり、刀を折ってしまった。とっさに敵の刀を拾い、急場をしのいだが、そのとき以来、新八の頭には次のことが常にあった。

(乱戦で剣は折れる。剣が折れれば斬られる)

今、日暮れを前に、薩摩兵の指はかじかんでいるため、剣を抜く動作が遅い。新八の愛刀、手柄山氏繁《てがらやまうじしげ》が狙い澄ましたように敵の剣の柄を狙い撃った。

新八の斬り込むところ、指が乱舞して、地面のあちこちに落ちた。

「何者だ!」

奮戦する新八を見て、指揮官を守るように立っていた男が大喝した。

しかし新八はものも言わずに斬り続けた。止まったときが死ぬときと心得ている。

「新選組二番隊組長、永倉先生!」

叫んだのは、後ろから来ていた伍長の島田甲斐である。

「中村半次郎《なかむらはんじろう》、参る！」

指揮官を護衛していた男が剣を抜いて新八のもとへ走った。

〈人斬り半次郎〉とも呼ばれたこの男は狙った相手を最初の一撃で必ず仕留め、首まで切り割られた骸《むくろ》は世にも無残な姿になったという。

その構えを見て新八は思い出した。

薩摩示現流《じげんりゅう》――。

薩摩藩の御留流《おとめりゅう》である示現流は、その一撃目に全てをかける。当たるのが敵より少しでも早ければいい。

中村半次郎も他でもなく、幼少の頃から樹木に木刀を叩きつけて剣技を磨き、成人してからは「剣法を学ぶよりも人を斬ったほうが上達が早い」と、何人も幕府方の浪士を斬り伏せた。

（初撃をかわすことだ）

薩摩隼人《はやと》と戦うための戦略である。初撃さえかわせばあとは通常の剣法のほうが上だ。新選組が薩摩と戦うときにそなえ、ひそかに対策を練ってきた戦法である。新八も素早く前に出た。

間合に入った瞬間、

「きぃやあーっ」

という独特の声と共に、中村の剣が天から打ち下ろされた。

（疾《はや》い！）

これをかわせば勝てる。しかし、中村の初撃は想像を上回るものであった。

「しゃあっ！」

新八はさらに踏み込んで、下段から刀を走らせた。神道無念流の立居合、逆袈裟《ぎゃくげさ》の切り上げに加え、天然理心流奥義の〈気組《きぐみ》〉を飛ばす。

雷のような強烈な一撃が頭上で弾けた。ガチンという音とともに、刃の半ばまで半次郎の刀が食い込む。

踏み込んで相手の打点をずらしたため、これだけですんだ。まともにくらっていれば刀ごと頭をたたき割られたかもしれない。

「山攻撃破《さんこうげきは》！」

新八が叫んだ。

島田甲斐、伊東鉄五郎、中村小次郎《こじろう》ら二番隊が次々と半次郎に襲いかかった。多数の切っ先がそろい、半次郎の頭上で山のような形をなす。新選組集団攻撃のひとつ〈山攻撃破剣〉である。

（これだ）

新八は思った。自分が死番となっても必ず後ろから隊士が続く。剣を極め信頼できる者たちと戦える喜び。一枚岩で戦っていたときの新選組が何よりも好きだった。

中村はからくも体をそらして地に伏し、致命傷はまぬがれたが、他の薩摩兵の中に素早く引いた。

「待て！」

新八の腹心、竹村新蔵《たけむらしんぞう》が追う。

その刹那、槍衾《やりぶすま》が繰り出され、数本の槍に貫かれた竹村が宙に浮いた。

「竹村！」

「組……長……」

何か言いたそうだが、言葉にならない。

「士道、見届けた！」

新八は叫んだ。

竹村がふと笑ったように見えた。

島田が槍を斬り飛ばしたが、竹村はドス黒い血を吐いて微動だにしない。

「おのれっ！」

新八は怒りに我を忘れ全力で飛び込んだ。槍の下をくぐり、力任せに薩摩兵の胴を薙ぐ。

(近藤！　これがお前の新選組か！)

新八は無性に哀しくなった。

槍隊の後ろにいた兵士が慌ててミニエー銃の引き金を引くが、雷速で突っ込んだ新八が筒先を叩き斬った。

きぃん！　という音のあと、飛び出した弾が逸れて飛んでいく。新八の剣は下段で翻《ひるがえ》り、龍の頭となって兵士の首を切り上げた。永遠に意識を飛ばされた頭が、皮一枚を残してだらんとぶら下がる。

「笑止！」

新八は踊るように体を弾ませ、銃撃隊の中に突っ込んでいった。兵士よりもまず銃に斬りつけて破壊する。

(こいつが厄介だ！)

四挺目の銃を斬ったとき、ついに新八の剣が折れた。すぐに脇差しを抜く。大刀をなくしたと見て、薩摩の兵は一瞬沸き立ったが、新八が、

「喝！」

と、吠えたとたん、見えない気を叩きつけられ動けなくなった。

新八一人の剣気が薩摩の数百人を圧倒した。

新政府軍がひるんだのを見て、

「それっ！」

と、新八率いる決死隊が突撃した。

新政府軍が浮き足立って引いていく。新選組本隊を立て直すために時を稼ぐはずが、今や新八の二番隊がミニエー銃を擁する新政府軍を追い込んでいた。

しかし、薩摩兵はあたりの民家に火を放った。新八たちは追撃の足を止められ、炎に照らされたことで銃による犠牲者が一気に増えた。

「撤収！」

新八はここが退《ひ》き時と見定めた。

それに気づいた新政府軍がふたたびミニエー銃を撃ち始める。新八の背中にも銃弾が食い込んだ。走り続け、ようやく奉行所の塀が見えたが、塀の瓦につかまったものの、体を引き上げることができない。多数の銃弾が食い込み、体がすっかり重くなっていたのである。

「組長！」

島田の声が聞こえた。上を見ると、島田が火縄銃を差し出していた。新八はすぐそれをつかんだ。

体がぐいと引き上げられる。

島田の恐るべき膂力《りょりょく》に、見ていた新政府軍は息を飲んだ。抱え上げられた新八は、塀の内側にどうと倒れ込んだ。そのはずみで、ぼとぼとと銃弾が落ちる。

「本隊は？」

新八がどこの者かわからぬ兵卒に聞いた。

「会津とともに反撃しています。しかし長州の兵も大挙しており……」

鳥羽は乱戦模様だった。新政府軍が高台に布陣したので、陣形が悪いと見定めた旧幕府軍は街道を大坂方面に下がった。

「なぜ引く！　引くならせめて武器を置いていけ！」

土方が怒鳴ったが、旧幕府軍は息急《せ》き切って南下していく。新八も悔しさに歯を食いしばって握り締めた剣から指を引き離した。

四

翌四日、凍《い》てつくような風が吹きすさぶ中、朝廷は仁和寺宮嘉彰親王《にんなじのみやよしあきら》を征討大将軍に任命し、錦旗《きんき》を与え、新政府軍は官軍となった。

だがこの日は旧幕府軍が盛り返し、薩長を青ざめさせた。しかし旧幕府の歩兵を率いた佐久間信久《さくまのぶひさ》らが相次いで戦死すると浮き足だった。

五日になると、錦の御旗を見たという旧幕府軍のささやきが広まり、徳川慶喜は勅命に逆らうなど考えられず、ますます消極的になった。

新選組は戦うより、逃げる旧幕府軍を引き留める勤めのほうが多くなる始末であった。淀堤《よどづつみ》千両松《せんりょうまつ》では、新選組生え抜きの井上源三郎《いのうえげんざぶろう》ほか二十余名が死に、脱走者も出た。

会津の林権助《はやしごんすけ》、幕臣の佐々木只三郎《ささきたださぶろう》などの勇将も次々と戦死し、旧幕府軍は撤退を重ねた。

しかし、新選組は猛烈な抵抗を続けた。新八は淀にて薩摩藩に抜刀して斬り込み、一刻（二時間）も戦い続けたあと生還した。翌六日には別働隊として、斎藤一と共に二十名で八幡山《はちまんやま》の中腹に拠り、薩軍と対峙《たいじ》した。

橋本宿のしんがりとしての役割でもある。

「長いな、この戦は」

「刃こぼればかりで切れるところがない」

横で刀を手入れしていた斎藤が苦笑した。だが、さすがに切っ先のぼうしが残っているのがこの男らしい。

斎藤の得意は片手突きである。しかもその突きがぐんと伸びてくる。この男と戦うときは、槍とやるような心構えがないといけない。

「しかしよくもまだ生きてるものだ」

新八が言った。

「そうだな」

斎藤が短く答えた。

生え抜きの新選組で、ほとんどの戦いに参加し、いまだ生き残っているのは新八と斎藤のほかにはごく少数である。

「永倉君。君は新選組を脱退するつもりじゃないのか」

斎藤がふと言った。

「馬鹿なことを。脱退などと言ったら局長に切腹させられるだろう」

言いながら、新八はひやりとしたものを覚えた。脱《ぬ》けると言った者をことごとく誅殺してきたのは、この斎藤である。

「多分、もうそんなことはない」

斎藤が手入れを終えた刀を鞘に収めた。

「近藤先生も苦しんでいる。俺は粛清のとき、手を下しただけだが、命じたのは近藤さんだ。罪の気持ちも近藤さんが負っている」

「局長は後悔しているのか」

新八は聞いてみた。

「多分な。自分について来た者も多く斬ったのだから」

新八は藤堂平助のことを思った。あのとき伊東ともっと話していれば共に生き残る道はあったのではないか。

時代の流れに乗り、自分に迷いのないうちは斬っても言い訳がつくが、今となっては近藤も慶喜の弱気に参っているのかもしれない。神聖だったはずの徳川が、自ら滅びていく。

「お前はなぜそこまで近藤さんに肩入れする？」

斎藤はかつて御陵衛士隊に潜入し、間者《かんじゃ》のような危険な役目を引き受けていた。隊の汚れ仕事も多くこなしている。

「女だ」

斎藤は短く言った。

「女？」

「ああ。昔、女を斬ってしまってな。好いた女だった。その女が他の男に嫁ぐと聞いて逆上してしまった。あのとき近藤さんが遺族に詫《わ》び金として二百両もの大金を出してくれなかったら、私は獄門行きだったろう」

「そんなことがあったのか」

どうりでいつも暗い顔をしているわけだ。好きな女を殺した痛みと、罪を償《つぐな》わなかった後悔も背負っているのだろう。

いや、罪滅ぼしで新選組にいるのか。

「永倉君。君の不幸は近藤さんを憎みきれないことだな」

唐突に斎藤が言った。

「なに？」

「いいときは続かない。どんなことでもな。惜しがらずに捨てるのが一番だ」

「なにを言っている？」

「気づいてないのか、君は。別れた女に言い寄る男のようだぞ」

斎藤が唇をゆがめて笑った。

「こけにするつもりか？」

「……来たぞ」

気づくと新政府軍が近くまで迫っていた。

新八は刀の目釘《めくぎ》を確かめた。手柄山氏繁が折れたあと、戦場で拾ったものである。誰のものかわからない刀だが、まだ何人かは斬れる。

身を潜めている新選組の前を新政府軍が通り、その横腹を見せたとき、新八は声を上げて突撃した。薩摩の兵の隊列が乱れる。蛇のように動く列を断ち切って、向こう側の山中に入った。

後ろを銃弾が追いかけてくる。ここ数日撃ちまくられて、耳がおかしくなっていた。

茂みに身を隠すと、横に斎藤がいた。握った剣の切っ先は血に染まっている。新八の剣も刃こぼれでぎざぎざになっていた。

やがて両軍の砲弾が飛び交い、街道には煙が立ちこめ、本隊との連絡もつかなくなった。本隊はまだいるのか、それとも撤退したのか。

煙が晴れると、新八と斎藤の隊だけが敵中に取り残されていることがわかった。

「引くか」

新八が言った。

「士道不覚悟だな」

斎藤が言う。

「肝心の慶喜公が逃げてる。残る意味がないだろう」

新八は柄がぬるつく刀を握り、たすきの端切《はぎ》れで手に縛りつけた。

（いつかこんなことがあった）

あれは池田屋のときだったか。戦闘中、知らぬ間に左手の親指が切り裂かれ柄を握れなくなった。

「かかれっ！」

新八は撃って出た。隊が後ろから続く。獅子《しし》奮迅《ふんじん》の動きで敵を斬った。勝ち戦だと思っている新政府軍は命を惜しんで道を開けた。

（そうだ、近藤さんだからよかった）

隊の運営だけなら土方のほうが才があっただろう。しかし土方には人を引きつける力がなかった。

それに比べて近藤の無骨な顔。意外と繊細な神経に、お人好しで不器用な性質。愛嬌《あいきょう》があった。新八が神道無念流の道場でなく、試衛館に籍を置いたのは、そんな近藤がいたからだった。他の多くの者も同じ思いだったのだろう。

しかし今や近藤はあのときの輝きを失っている。

(別れた女か)

いいときの新選組はもう取り戻せないのかもしれない。

新八は、土方や沖田のように、同郷の者でもない。

(嫉妬《しっと》か、これは)

ならば新八は、また一から自分でやり直すほかはないだろう。

新八と斎藤が手勢をまとめあげ、大坂城に入った日、慶喜は江戸へ逃げ、大勢は決まった。

五

江戸に帰った新八は新選組をやめた。

「なぜ戦うってか？　それは流れだな」と軽やかに言った原田とともに靖兵隊《せいへいたい》を結成したが、会津藩の降伏を知って戦いを終えた。

すぐに彰義隊《しょうぎたい》に居を移した原田は、上野戦争で負傷し、その傷がもとで死んだ。

しばし無為《むい》な日々を送った新八は松前藩にかえり、再び武士となった。

落ち着いてみると、京のことは鮮やかな夢のようにも思えた。

明治三十三年（一九〇〇）、新八はお磯と再会した。お磯は関西で尾上小亀《おのえこがめ》という役者になっており、一晩親子で語り明かした。小常もきっと喜んでくれただろう。もはや子供たちの時代である。

晩年、小樽《おたる》に移った新八は、孫を連れてよく映画館に通ったが、あるとき出口でチンピラにからまれたことがある。

新八は哀しくなった。あの伏見での戦に比べれば、このチンピラたちの卑小さは、いかばかりか。

かつての同志たちのような、真に生きた男たちはどこに行ったのか。

少し剣気を発しただけで、半笑いしていたチンピラは真顔になり、すぐ引き下がった。かろうじて本能だけは新八の中の獣性を察知したらしい。壬生にいたころならとうに首が転がっている。

夜になると新八は、机の上に飾った近藤と土方の写真を見つめ、一人で酒を飲んだ。

時は還らない。

（死に損ねたか）

世では今、新選組は、ただの暗殺集団というそしりを受けている。

やむにやまれず新八は筆を執《と》った。近藤や土方たちと過ごした時代は、そのような不純なものではなかった。

そこには確固たる義があった。

青春のすべてを日々記しながら新八は思った。

輝ける瞬間は、名誉を手に入れたときではなく、駆け上ろうと死力を尽くしていたときなのだと。

新八は、その後ただがむしゃらに、若者らに剣を教え、剣に生き、大正の時代になって、ようやく仲間たちのもとへ還った。

死にぞこないの剣

天野純希

「面《おもて》を上げよ」

頭上から降り注いだ家老の声に、俺はわずかに顔を上げた。

無論、上座に就いたその人物の顔を正面から見据えるほど、作法に疎《うと》くはない。人斬り集団などと揶揄《やゆ》されていても、それくらいの心得はある。

「もそっと面を上げよ。顔が見えぬ」

今度は別の声だった。決して居丈高《いたけだか》でも尊大でもない、耳に心地いい、初夏の風を思わせるような涼し気で柔らかな声。慌てて、俺はいま少しだけ顔を上げる。

「そなたが山口二郎《やまぐちじろう》、いや、斎藤一《さいとうはじめ》か。京での働きぶり、余の耳にも届いておる。よう、会津《あいづ》まで参じてくれた」

上座の人物——宰相侯こと、前会津藩主松平肥後守容保《まつだいらひごのかみかたもり》は、いくらかやつれた頰《ほお》に微笑を湛《たた》えながら言った。

「そなたの剣名、我が耳にまで達しておる。会津のため、天下の大義のため、白河口《しらかわぐち》ではしかと働いてもらいたい」

遠目に姿を見たことはあるが、これほど近い距離で顔を合わせるのははじめてだった。色白細面。貴公子然としたよく整った目鼻立ちに似合わず、その目の奥には強い信念の光がはっきりと見て取れる。

蒲柳《ほりゆう》の質と聞くが、体の頑健さと気組みの強弱は、まるで別物だ。剣の技量は並かそれ以下でも、気魄《きはく》だけはこちらを圧倒してくる者が、稀《まれ》にだがいる。味方にした時は、技量だけで気魄に欠ける者よりも、そうした者の方が往々にして頼りになるものだ。

これが、俺の主君か。悪くない。少なくとも、別人のように腑抜《ふぬ》けてしまったあの男よりも、下で働く甲斐《かい》があるというものだ。

俺は大げさに叩頭《こうとう》しながら、最後に会った近藤《こんどう》の姿を思い起こした。

一

見ちゃいられねえな。

縁に座りぼんやりと庭を眺める近藤勇《いさみ》の横顔から、俺は目を背けた。

いかにも豪傑然とした顔の造作も、拳骨《げんこつ》が丸ごと収まるという大きな口も、以前とまるで変わりはない。だが、かつてその相貌から溢《あふ》れ出していた気魄は、今はまったくと言っていいほど感じることができなかった。晩春のやわらかな日射しの中、着流し姿で縁に腰掛ける様は、どこの隠居かと思い違えるほどだ。

「負けたなあ、斎藤君」

これと同じ呟《つぶや》きは、もう三度目だった。

「薩長《さっちょう》に勝つのは不可能だろう。幕府は、徳川《とくがわ》の世は、もう終わりだ」

今さら何を言ってやがる。幕府など、とうの昔に無くなった。旧幕軍が薩長の軍に勝てないことも、先の鳥羽《とば》・伏見《ふしみ》の戦《いくさ》で嫌というほど思い知らされた。徳川の退勢は覆しようがないことなど、隊士の誰もがとっくに悟っている。だが、徳川への忠義一徹に生きてきた近藤にとって、それを認めることは己の存在の否定に繋《つな》がるのかもしれない。

加えて、近藤は負傷のため鳥羽・伏見に参戦できず、ただ流されるままに大坂から江戸へ逃げ戻ってきた。旧幕軍の惨敗をその目で見てはいないのだ。

そして、薩長軍の力を正しく見定められないまま甲州《こうしゅう》へ進撃し、敗れるべくして敗れた。薩長軍を打ち破れば大名になれると思い込んでいただけに、その落胆も大きいのだろう。

「局長、江戸はもう駄目です。皆で会津へ行きましょう」

口にすると、近藤は抜け殻のような目を向けてきた。

「新選組は会津藩預かり。徳川宗家が敗れた以上、会津のために戦うのが道理です」

「言っただろう。どう足掻《あが》いたって、薩長には勝てやしねえ。会津へ行ったって、待つのは負け戦だけだぜ」

「だから何だって言うんです。今さら薩長の奴らに尻尾《しっぽ》を振るくらいなら、戦場で蜂の巣にされた方が百倍もましだ。それとも局長、まさかこのまま泣き寝入りしろとでも？」

挑発してみても、近藤の顔色に変化はない。何か大きなものを諦めたような表情を、庭に向けているだけだ。

「確かに、鳥羽・伏見でも甲州でも、俺たちは負けました。だが、戦はまだ始まったばかりです。奥羽《おうう》には、朝敵呼ばわりされる会津に同情する藩も多くある。旧幕軍の中にも、薩長に屈するのは御免だって連中が何千といるんだ。そいつらが挙《こぞ》って会津へ集まれば、薩長に一泡吹かせることも、もう一度徳川の世に戻すことだって、まんざら夢じゃない」

まくし立てると、近藤は息を吐くようにふっ、と笑った。

「珍しいな。寡黙な君が、そこまで熱弁を振るうとは」

言われて、思わず口を噤《つぐ》んだ。

口数の少なさと生まれついての仏頂面《ぶっちょうづら》が災いして、隊士の中には自分を嫌う者がいるのは知っている。曰《いわ》く、何を考えているのかまるでわからない。曰く、人を斬ることしか愉《たの》しみがない。小所帯ゆえ、そんな陰口も回り回って耳に入ってきた。喜怒哀楽をはっきりと表に出す原田左之助《はらださのすけ》や、馬鹿がつくほど実直な永倉新八《ながくらしんぱち》などと較べれば、他人の目から見て薄気味悪く見えるのも理解しているつもりだ。

「君の言う通り、戦はまだ続くのかもしれん。だが、新選組はもう終わったんだ。慶《よし》喜《のぶ》公が大政を奉還し、鳥羽・伏見で敗れたあの時にな」

「局長……」

「こんなことなら、是が非でも伏見へ出陣して、華々しく散るべきだったな。京で生まれた新選組は、京で滅びるべきだったのだ。そうは思わんか？」

「終わっちゃいませんよ」

近藤の腑抜けた顔を見据え、はっきりと言い放つ。

「新選組は、まだ終わっちゃいない」

俺が、終わらせはしない。後に続くその言葉は、口にはしなかった。

近藤のもとを辞すると、俺は医学所の離れへと向かった。

甲州で惨敗した新選組は、当座のところこの医学所に居候しているが、さすがに全員が起居するには手狭で、俺は近くの旅籠《はたご》に寄宿している。

「やあ、斎藤君」

離れに入ると、沖田総司《おきたそうじ》は障子を開け放し、近藤と同じように庭に目を向けていた。俺に友人と呼べる相手がいるとすれば、この二つ年長の一番隊長くらいのものだ。

眺めたところで面白味などない、何の変哲もない庭だ。それでも、床に臥《ふ》して日がな一日天井を見つめているよりはましなのかもしれない。

「どうです、具合は」

「病人だからね、良くはないよ」

戯言《ざれごと》めかすその横顔は青白く、肉はほとんど削《そ》げ落ちている。医師の診立《みた》てでは、もって三月というところらしい。

「聞いたよ。会津へ先発するんだってね」

俺は頷《うなず》いた。甲州で負傷した兵と新兵を連れて会津へ向かうよう、副長の土方歳三《ひじかたとしぞう》から命じられている。その土方は、今後の情勢を睨《にら》みつつ、関東で兵を集めるつもりらしい。

「先発と言えば聞こえはいいが、役に立たない怪我人と餓鬼《がき》どもを蚊帳《かや》の外へ追い出す役目ですよ。そんなもん、別の誰かに命じりゃいいんだ」

「相変わらず口が悪いね、斎藤君は」

「四の五の言わず、全員でさっさと会津へ向かうべきでしょう。会津の力を借りて軍を立て直し、奥羽諸藩の先駆けとして再び関東へ進軍する。新選組に、他に採るべき道はない」

「しかし、今の近藤さんには無理だろうね」

近藤はすでに、戦意を失っている。この戦の行く末も、新選組さえも、投げ出しているのだ。

「代わりが務まるとすれば土方さんだけど、あの人には近藤さんを捨てることはできないよ。どんなに状況が悪くなっても、土方さんは近藤さんを担ぎ続ける。そういう人だよ、あの人は」

「そのために隊が割れても、ですか？」

沖田は微笑を湛えたまま頷く。

かつては鉄の結束を誇った新選組も、江戸へ逃げ戻ってからは方々に亀裂が入り、今や分裂寸前といった有様だった。

いや、その兆候は京にいた頃からすでにあった。公儀直参《じきさん》に取り立てられて以来、驕慢《きょうまん》な振る舞いを見せるようになった近藤に対し、結成以来の同志である永倉や原田らが不満を募らせている。その不満が、甲州での惨敗で堰《せき》を切ったという格好《かっこう》だった。

永倉たちはすでに、分派に向けて動きはじめている。近藤、土方と袂《たもと》を分かち、別の隊を立ち上げようというのだ。

永倉と原田は俺にも声を掛けてきたが、一度適当な理由をつけて断ると、それきり何も言ってこなくなった。連中にしてみれば、俺はそれほど信の置ける相手ではないのだろう。何しろ俺は、御陵衛士《ごりょうえじ》の分派騒動で、伊東甲子太郎《いとうかしたろう》一派に与《くみ》した振りをして近藤、土方らに情報を流していたのだ。

もっとも、旧幕府がこんなありさまでは、身内同士で争っている余裕などない。隊の規律を徹底して重んじる土方としても、今回ばかりは去る者を追うつもりはないようだ。

「私には、近藤さんの気持ちが何となくわかる気がするな」

再び庭に目をやり、沖田が呟くように言った。

「京を離れた時に、近藤さんの中の新選組は終わったんだよ。だからこれ以上、みんなを組に縛りつけたくない。そう思っているんじゃないかな」

沖田の言わんとすることは、わからないでもない。

新選組は京で生まれ、京で生きてきた。だが、薩長の陰謀で京を奪われ、取り戻す戦いにも敗れた。その戦に加わることもできなかった近藤の口惜しさは、俺にも容易に察することができる。

今思えば、江戸へ戻ってからの近藤は、ずっと死に場所を求めていたのかもしれない。しかし、最後の舞台と意気込んだ甲州でも死ぬことができず、おめおめと生きながらえている。自分に従う隊士たちを重荷に感じるようになったとしても、無理はなかった。

「近藤さんは、本当は隊を解散したいのかもしれない。まあ、土方さんは許さないだろうけど。あの人の頭にあるのは、近藤さんを担いでこの喧嘩に勝つ。ただそれだけだから」

振り返り沖田が訊ねる。

「斎藤君。君はこれから、何のために戦うんだい？　勝つためか、それとも、武士らしく死ぬためか」

俺は答えることができず、こちらへ真っ直ぐ向けられた沖田の顔から目を逸らした。

結局、沖田と近藤に会ったのはそれが最後だった。

慶応四年（一八六八）三月十一日、永倉と原田は靖共隊《せいきょうたい》を結成して近藤と袂を分かち、江戸を後にした。その翌日、俺も負傷兵と弱年兵の計三十名を連れて会津へと出発する。さらにその翌日、近藤と土方も江戸を離れ、足立《あだち》郡の五兵衛《ごへえ》新田《しんでん》を経て流山《ながれやま》へと転陣した。そこで進撃してきた薩長軍に包囲され、近藤は投降、四月二十五日に板橋《いたばし》で斬首された。近藤の首は京へ送られ、三条《さんじょう》河原で晒《さら》されたという。

辛《から》くも逃れた土方は、江戸を脱走した旧幕府伝習隊《でんしゅうたい》と合流して北関東を転戦し、四月の末に会津へ入っていた。土方は宇《う》都宮《つのみや》で足を負傷し、隊の指揮は俺が代わって執ることになっている。

江戸は薩長の手に落ち、宇都宮も奪われた。上野《うえの》に居座る彰義隊《しょうぎたい》も、じきに掃討されるだろう。奥羽諸藩は会津赦免を新政府に嘆願しているが、受け入れられるはずもない。次の戦は、もう目の前に迫っている。

沖田が死んだという報《しら》せは届いていないが、恐らくはもう、立つこともままならなくなっているだろう。

沖田が病に敗《ま》けるのが先か、それとも俺が戦場で果てるのが先か、試してみるのも面白い。そんな気分に、俺はなっていた。

二

戦の匂いが近づいていた。払暁《ふつぎょう》。夜の闇はいまだ空の西半分に居座り、わずかに残った星々が最後の輝きを放っている。

敵軍が接近中との報告を受け、味方はすでに戦闘準備に入っていた。増援を請う伝令も、白河《しらかわ》城の本営に送ってある。会津を中心とする奥羽列藩同盟の軍が白河を占領したのは五日前のことだ。そろそろ敵の反撃があるという俺の読みは、見事に当たった。

俺は急ごしらえの陣地に身を伏せ、敵が現れるのを待っていた。

麾下《きか》の新選組百三十名を率いる俺が受け持つのは、白河城南方の白坂口《しらさかぐち》だった。敵が白河を落とそうとすれば、最初に敵にぶつかる位置だ。最も危険な場所ではあるが、役目に不足はない。

「来ましたな」

隣の安富才助《やすとみさいすけ》が、声を潜めて言った。会計方から馬術師範に抜擢《ばってき》された変わり種で、今は副長として俺の補佐に当たっている。

敵の姿が見えると、俺は射撃の準備を命じた。旗印を見る限り、敵は薩長と新政府に降伏した関東諸藩の混成軍だ。

「近藤先生の弔《とむら》い合戦といきましょうか」

いくらか気負った声で、安富が言う。近藤が死んでから、薩長の軍とぶつかるのははじめてだった。

敵はこの数日降り続いた長雨でぬかるんだ地面に足を取られ、思うように前進できずにいる。寄せ集めのため、連携も上手《うま》くいってはいないようだ。とはいえ、敵の兵力は二百五十を超えているだろう。

「やれ」

号令とともに、味方の小銃が火を噴いた。先頭を進む敵兵がばたばたと倒れていく。敵は慌てて散開するが、予想外の先制攻撃を受けて狼狽《ろうばい》し、反撃はまばらだった。

しかし、こちらの百三十に対し、敵は倍近い。徐々に数の差が出るのは自明の理だ。

それほどの時も経たない内に、敵は態勢を立て直した。反撃は激しさを増し、倒れる味方が出はじめている。

不意に、甲高い音が響いた。間を置かず、数間先で轟音《ごうおん》とともに土煙が上がった。銃弾が頭上を掠《かす》め、血と硝煙の臭いが鼻を衝《つ》く。

砲撃は、次第に正確さを増してきた。舞い上がった砂塵《さじん》を頭から浴びながら、俺は配下に後退を命じる。

「退くのは二町だけだ。合図したら、一斉に走り出せ」

敵の銃撃が途絶えた一瞬の隙《すき》を突いて、後退をはじめる。駆けながら振り返った。

敵は算を乱しての逃走と見て、嵩《かさ》にかかって押し寄せてくる。

一町を過ぎたあたりで、敵の足が止まった。西の大平《おおひら》口、東の棚倉《たなぐら》口の味方が駆けつけ、敵の側面に銃撃を加えている。俺は反転を命じ、腰の刀を抜き放つ。

「斬り込むぞ。新選組の恐ろしさを、薩長の連中に思い出させてやれ」

吶喊《とっかん》の声を上げ、来た道を駆け戻った。

敵兵が喚《わめ》きながら、銃口を向けてくる。引金が引かれるより早くその懐へ飛び込み、刀を薙《な》いだ。鮮血。久方ぶりの肉を斬る手応《てごた》えに、覚えず口元が緩む。戦の大義も、新選組や会津の行く末も、勝敗さえも、頭から消えている。ただ生き残るために殺す。そこに、善悪も大義名分も、入り込む余地などない。何のための戦いかなど、上の連中が考えればいいことだ。

「新選組隊長、斎藤一」

名乗りを上げると、敵は明らかに動揺しはじめた。それでも抜刀して向かってきた一人の腕を斬り飛ばし、さらにもう一人の喉元《のどもと》に突きを放つ。全身に鮮血を浴びながら、身を翻《ひるがえ》した敵の背を斬り裂いた。

気付くと、敵は敗走に移っていた。敵の左右を突いた味方が、追撃をはじめている。周囲には、骸《むくろ》と深手を負って立ち上がれない者だけが残っていた。

「首を刎《は》ねて、晒しておけ」

刃に付いた血を拭《ぬぐ》い、安富に命じた。

「しかし、隊長」

「薩長の連中が天誅《てんちゅう》と称して京でやっていたことを、真似してやるのさ」

笑みを浮かべながら言うと、安富は黙って頷いた。

こいつはもう駄目だな。砲声の響く中、俺は乾いた気分で思った。

白河城南方、稲荷山《いなりやま》に置かれた会津軍本陣。その男は苛立《いらだ》ちを露《あら》わに、続々ともたらされる敗報に耳を傾けている。

西郷頼母《さいごうたのも》、当年三十九。代々会津藩の筆頭家老を務めてきた名門出身で、容保が幕府から京都守護職就任を要請された際、強硬に反対したために家老の任を解かれていたが、一転して家老に再任されたばかりか、白河口総督としてこの方面の総大将に任じられている。会津では来たる薩長との決戦に備えて軍制改革が進められているが、人材には限りがある。そうなるとやはり、家柄が物を言うのだろう。

この男が白河城に入ったのは、白坂口で薩長軍を撃退した翌日のことだった。

西郷が会津から連れてきた兵を合わせれば、白河の兵力は三千を超える。ここは城を出て一気に南進し、薩長軍にさらなる打撃を与えておくべきだ。俺はそう主張したものの、西郷は「必要ない」の一言で進言を退けた。

白河城は確かに要害で、敵の兵力も今のところ、こちらを大きく下回っている。ゆえに西郷は、この城を固く守ってさえいれば、いずれ和睦《わぼく》の機会が訪れると踏んだのだろう。

だが、薩長はそれほど甘くはない。五月一日払暁《ふつぎよう》、陣容を整え直した薩長軍は、全軍を三つに分け、再び白河へ攻め寄せてきた。

兵力はなおもこちらが上回っていたが、今度は完全に不意を衝かれた形になった。敵の攻撃は激しく、そこへ西郷の稚拙な指揮が追い討ちをかけている。やむなく持ち場の白坂口を放棄し、稲荷山へと後退してきた俺が目にしたのは、慌てて城から駆けつけてきたものの、周囲に怒鳴り散らすことしかできない白河口総督の姿だった。

「敵はこちらよりも少数ではないか。何ゆえ打ち払えんのだ！」

西郷の怒声を、敵の砲撃音が掻き消す。周辺の雷神山《らいじんやま》、立石山《たていしやま》はすでに占拠され、城へ戻ろうにも道は塞《ふさ》がれた。こうなっては、白河城はすでに落ちたも同然だ。西郷の焦りは頂点に達しているのだろう。

「もはや、これまでか」

追い詰められた表情でぼそりと言い、西郷が床几《しようぎ》から腰を上げる。嫌な予感に、俺は顔を顰《しか》めた。

「わしはこれより敵陣へ斬り込み、討死を遂げる。皆は、その間に落ち延びるがよい」

「待たれよ」

立ち上がった俺に、西郷が不快げな視線を向けてくる。

「貴殿は白河口の総大将。犬死されては困る」

「犬死だと？」

「貴殿が斬り込んだところで、稼げる時などたかが知れている。それよりも、生きて采配を揮い続けるのが大将の務めというものでしょう」

「黙れ。負けておめおめと生き延びるなど、会津士魂《しこん》が許さぬ」

「士魂で戦には勝てません。それほど死にたければ、戦が終わった後で腹を切るなり何なりすればよろしい。だが、今は貴殿に死なれるわけにはいきません」

「おのれ、人斬りふぜいが……」

刀の柄《つか》に手をかけた西郷が、体を強張《こわば》らせた。俺の放つ殺気に打たれ、身動《みじろ》ぎ一つできないのだ。この数年の間、西郷は禁門《きんもん》の変にも鳥羽・伏見の戦にも参加せず、国許《くにもと》で蟄居《ちっきょ》暮らしをしていた。他人から剝《む》き出しの殺気を浴びせられた経験などないのだろう。

「御家老、ここは斎藤殿の意見に従うべきかと」

他の会津藩士たちも口々に賛同し、西郷は渋々受け入れた。俺は西郷の采配など御免蒙《こうむ》りたいが、大将が討たれれば味方の士気に関わる。つまらぬ矜持《きょうじ》のために死なれるのは甚《はなは》だ迷惑だ。

西郷を逃がすため、俺は殿《しんがり》に立って西軍の鋭鋒を受け止めた。

配下も会津軍の兵も、次々と銃砲の餌食《えじき》となって倒れていく。辛うじて敵の追撃を振りきった時、配下の新選組は半数近くにまで討ち減らされていた。白河城はその日のうちに陥落、味方の戦死者は三百余名。会津藩若年寄《わかどしより》・横山主税《よこやまちから》の他、多くの幹部もそこに名を連ねている。まさに、惨憺《さんたん》たる敗北だった。

「また、敗けたな」

苦笑混じりに言ったが、答える者は誰もいない。

白河城を奪われた後も、戦いはだらだらと二月近くも続いた。

西郷は城を奪回するために幾度となく攻撃を繰り返し、その度に多くの死傷者を出して敗退するという、まったく無様な戦いぶりだった。そうこうしているうちに東軍は海路平潟《ひらかた》に上陸して奥州への足掛かりを築き、白河城の戦略的な価値は失われた。西郷は総督を罷免《ひめん》され、同盟軍は白河口を放棄する。結局、無能な総大将のために敗けるはずのない戦を落とし、無駄な犠牲を重ねたという格好だった。

この間にも、越後《えちご》では列藩同盟に加盟した長岡《ながおか》藩らと新政府軍が戦端を開き、激しい戦いが今も続いている。

局地的な勝利は収めても、同盟軍に勝利の兆しはまるで見えてはこない。新政府軍は関東をほぼ完全に制圧し、残るは奥羽と越後のごく一部だけだった。

勝ちの見えない戦に、自分は何のために命を張っているのか。新政府に投降しても処刑は免れないだろうが、名を変え、身を隠してしまえば、生き延びることだけはできるだろう。だが、そこまでして生を全うしようという気に、俺はどうしてもなれない。

それがなぜなのか。そもそも、答えがあるのかさえもわからないまま、俺は敗残の味方とともに再び会津を目指した。

三

会津へ戻るとすぐに、元幕府典医の松本良順《まつもとりょうじゅん》から、沖田の訃報を聞かされた。

五月三十日。俺が白河口で泥にまみれて戦っている頃のことだ。沖田は江戸千駄ヶ谷《せんだがや》の植木屋の離れに匿《かくま》われ、そこで最期を迎えたという。畳の上で死ぬことがあの男にとって幸福なことなのかどうか、俺にはよくわからない。

感慨に耽《ふけ》る間もなく、鶴《つる》ヶ城《じょう》へ出頭するよう命じられた。何でも、容保が直々に俺の話を聞きたいとの仰《おお》せだという。

藩主の座を退いているとはいえ、一介の部隊長を召し出すなど異例のことだろう。怪訝《けげん》に思いながらも、俺は城へ上った。

会見は非公式のものらしく、場所もさして広くない書院だった。容保の側には小姓が控えているものの、家老連中の姿はない。

「苦しゅうない。面を上げてくれ」

俺は求められるまま、白河での戦について包み隠さず語った。西郷の指揮の拙劣さ、新政府軍と同盟軍の装備の優劣。このままではずるずると押し込まれ、敵は遠からず会津盆地に雪崩《なだ》れ込むであろうこと。

容保は、以前よりさらに痩《や》せたように見えた。その眉間《みけん》に刻まれた皺《しわ》が、深い苦悩を物語っている。

「西郷を総督に任じたは、余の不明である。兵たちには、すまぬことをした」

絞り出すように、容保が言った。

「余の首を差し出せば、これ以上の戦は避けられような」

「宰相侯、それは」

「わかっておる。余の考えがどうであろうと、家中の者たちがそれを認めるはずがない。列藩同盟は成立し、各地で戦が続く今、会津のみが和を求めることもできぬ。和平の機はとうに過ぎ去った。会津にはもはや、戦う以外の道は残されておらぬのだ」

「それを、悔やんでおいでですか」

「いや。家臣たちがそれを望むなら、その道を進むのが藩主たる者の務めであろう。たとえ行き着く先に待つのが、滅びであったとしても」

その声音《こわね》からは、徳川の藩屏《はんぺい》たる会津松平家当主の、そして、京都守護職として反幕勢力との争いの矢面に立ち続けた男の矜持が見て取れた。

「言っておくが、余はまだ、すべてを諦めたわけではないぞ。最後の最後まで、勝利の望みは捨てぬ」

はじめて見せた笑みをすぐに消し、容保は続けた。

「攘夷《じょうい》を唱えながら異国の武器を買い漁《あさ》り、詭計《きけい》をもって朝廷を牛耳《ぎゅうじ》り、政権を返上した慶喜公を朝敵に仕立て上げる。私怨《しえん》から会津の恭順を認めず、近藤を百姓のごとく斬首した上、その首を京に晒す。そのような者たちに屈したとあっては、この国から大義は永久に失われる」

俺は深く得心した。自分がなぜ、勝ちの見えない戦を続けているのか。それを、容保ははっきりと言葉にしてくれた。

俺を衝き動かしているのは、忠義でも意地でもない。薩長に対する、尽きることのない怒りだ。

「斎藤。新選組は会津預かりとはいえ、元々は将軍家の護衛として集められた者たちだ。その将軍家はもはや存在せぬ。だが、そこを曲げて訊ねる。会津のために、力を貸してはくれぬか」

「宰相侯」

「頼む、斎藤」

容保は躊躇《ためら》うことなく頭を下げてみせた。

この御方には敵《かな》わねえな。俺は素直に認めた。背負ってきたものの大きさが、俺とは比べ物にならない。そして、その重い荷に押し潰されることなく、己をしっかりと保っている。

「頭をお上げください。新選組は、会津を決して見捨てません」

思わず、俺はそう口にしていた。

白河口の放棄後も、同盟軍は各地で押されていた。

七月二十六日には三春《みはる》藩が降伏、その三日後には二本松《にほんまつ》城が落城。北越でも、一度は奪還した長岡城を再奪取されている。出羽《でわ》方面では庄内藩《しょうない》が新政府に加担する諸藩を相手に勝利を重ねているものの、大勢に影響を与えるものではなかった。

新政府軍がじりじりと北上を続ける中、俺は新選組の生き残りを率い、藩境の母成《ぼなり》峠《とうげ》の守備に就くこととなった。

土方は、足の傷も癒《い》えてすでに復帰しているものの、江戸から脱走した旧幕軍の指揮を執らねばならないため、新選組の隊長は依然として俺が務めている。母成峠守備隊の主力は大鳥圭介《おおとりけいすけ》率いる旧幕府伝習隊で、そこに新選組や会津、仙台《せんだい》、二本松等の兵が加わり、総勢八百。大鳥が総指揮を執り、土方がその補佐に当たっている。

「なるほど。確かにこれは、天険だな」

急峻《きゅうしゅん》な山道が延々と続き、道幅も狭い。峠に陣地を築けば、大軍でここを突破するには相当な犠牲を覚悟しなければならないだろう。そのことを理解している会津藩軍事局は、この地を重視せず、二本松から会津盆地への最短距離である中山峠《なかやまとうげ》に軍を集中して配備している。

「だが、いくら天然の要害でも、守兵はたったの八百だ。敵が主力を投入してきたら、ひとたまりもない」

軍議の席で、土方が口にした。

「俺が新政府軍の参謀なら、中山峠に向かうと見せかけて、一気にこの母成峠を突破する。会津は今、藩境に兵を張りつけているせいで、懐はがら空きだ。ここを抜かれれば、敵は一挙に会津盆地へ雪崩れ込んでくるぜ」

大鳥は憤懣《ふんまん》やるかたないといった様子で頷き、口を開いた。

「この地を死守するには、少なくとも二千の兵が必要だ。だが、私が何度催促しても、会津は増援を送ってこようとはしない」

列席する会津の将に、大鳥が目を向ける。

「所詮、我らは会津の者ではない。ゆえに、その言を軽んじておるのだろう。こんな調子でこの先、共に戦ってゆけるとは思えん」

会津の将たちが、気まずそうに顔を俯《うつむ》けた。

「どの道、会津から増援を寄越してもらわないことには話にならねえ。それまでは、陣地を築いて備えを固める他ないだろうよ。敵が攻め寄せてこないことを祈りながらな」

土方のどこか投げやりとも取れる言葉で、軍議は散会となった。

「斎藤、ちょっといいか」

本営を出ようとする俺を、土方が呼び止めた。

「敗《ま》けるぜ、会津は」

明日の天気の話でもするように、土方はあっさりと言う。

「俺たちが何と言おうが、増援は来ねえ。母成峠は破られ、数日後には新政府軍が若《わか》松《まつ》城下に押し寄せる。そこまでいけば、同盟は瓦《が》解《かい》するだろうな。同盟諸藩に、会津が落ちてまで新政府軍に盾突く胆力はねえだろうよ」

「では、土方さんはどうするおつもりです？」

「俺は、会津と心中するつもりはねえ。北へ行く」

「北？」

「蝦《え》夷《ぞ》地《ち》さ。まずは海を渡って箱館《はこだて》を押さえ、蝦夷地全土を徳川領とする」

「馬鹿な」

米もろくに穫れないという不毛の地で、どれだけの兵が養えるというのか。いや、養うどころか、たちまち新政府軍に押し潰されるのは目に見えている。

「成算があるとはとても思えません。それより、会津で死力を尽くして戦った方が……」

「近く、榎本《えのもと》率いる旧幕府艦隊が動く」

自信に満ちた表情で、土方は言った。

「榎本艦隊は近く江戸湾を脱走し、数日中には仙台へ入る手筈《てはず》になっている。俺と大鳥はそこに合流し、蝦夷地を目指す」

海軍だけを見れば、旧幕府のそれは、新政府軍をはるかに凌《しの》いでいる。榎本武揚《たけあき》は江戸開城後も品川《しながわ》沖にとどまっていたが、新政府への軍艦の引き渡しは頑強に拒んでいた。その榎本艦隊が加わるとなれば確かに、新政府軍は津軽海峡を渡ることも難しい。

「艦隊には元若年寄の永井《ながい》尚志《なおむね》、元陸軍奉行並の松平太郎《たろう》の他、彰義隊や遊撃隊の生き残り、さらにはフランスの軍事顧問団まで同乗してくるそうだ。総勢で、二千は下らねえとよ」

「では、フランスの支援も得られるということですか」

「いいか、斎藤。俺たちは、戦うために蝦夷地へ渡るんじゃねえ。無論、新政府軍が攻め寄せてくれれば、全力で戦う。だが本当の目的は、生きるためだ」

「生きるため？」

「そうだ。榎本艦隊がいれば、新政府軍は蝦夷地に攻め入ることはできねえ。まずは交渉で蝦夷地を徳川領として認めさせ、幕府の瓦解で行き場を失った徳川旧臣を移住させる。そして、蝦夷地の広大な原野を開拓して、新政府と伍していける力を蓄えるのさ」

「その後、改めて新政府と戦うということですか？」

「さあな。そこまで先のことは誰にもわからねえ。とにかく今は、世からあぶれた徳川旧臣たちに、生きる場所を作ってやるのが先決だ。それから先のことは、なるようにしかならねえよ」

この計画は、新選組がまだ江戸にいた頃、土方と大鳥、榎本の三人で話し合って決めたらしい。発案者は、榎本だという。

あまりにも話が大きすぎて、啞然《あぜん》とする思いだった。俺が泥の中を這いずり回るような戦を続けている間に、土方たちはこんな途方もない計画を進めていたのだ。

「どうだ、斎藤。俺たちの手で、一から国を作ろうってんだ。面白いと思わねえか？」

土方は白い歯を見せて笑った。この気宇《きう》壮大な計画に、血の昂《たか》ぶりを抑えきれないのだろう。新選組という組織を一から作り上げた土方にしてみれば、国を築くという新しい夢は、たまらなく魅力的なものに見えるのかもしれない。

計画が実現可能なのかどうか、俺には判断のしようがなかった。そもそも俺は一介の剣士であって、天下の政《まつりごと》もこの国の行く末も眼中にない。頭にあるのはただ、どうすれば薩長の連中に一泡吹かせてやれるかだ。

「少し、考えさせてください」

俺の言葉に、土方は意外そうな顔をした。これまで、俺が土方の命令を断ったことは一度もない。今度も、一も二もなく従うと思っていたのだろう。

「そうか、わかった」

珍しく、土方の表情にはかすかな動揺が浮かんでいる。


結局、会津から増援が得られないまま、数日が過ぎた。

味方は東から順に萩岡《はぎおか》、中軍山《ちゅうぐんさん》、母成峠にそれぞれ台場を築き、敵の襲来に備えている。萩岡から母成峠へいたる道は狭く急峻だが、肝心の兵力が足りなければ、持ちこたえることはできない。兵たちも増援が来ないことに不安と苛立ちを覚えはじめている。

最初の戦闘は八月二十日、萩岡からさらに東の山入《やまいり》村で起きた。二本松から進出してきた薩摩、土佐の前衛部隊を、伝習隊の一部が迎え撃ったのだ。伝習隊は三十余名の死傷者を出しながらも、新政府軍の進撃を食い止めることに成功している。

とはいえ、これがほんの前哨戦にすぎないことは明白だった。敵の本隊は、明日にでも来襲するはずだ。

戦いを間近に控えながら、俺は土方の計画のことばかり考えていた。

土方はああ言っていたが、実際のところはわからない。榎本艦隊は確かに強力な味方だが、それだけで新政府が蝦夷地全土を諦めるとも思えなかった。一度や二度、新政府軍を追い払ったとしても、やがては力の違いが現れてくるはずだ。

だが、土方の話を聞く間、俺がどこか心惹《ひ》かれるものを感じていたのもまた事実だ。広大な蝦夷の大地を切り拓き、国に近いものを作り上げる。日ノ本の歴史で、そんな大それたことを考えた者は誰もいないだろう。たとえ潰《つい》えたとしても、誇りを抱いて死んでいけるのではないか。

最初の戦闘があった翌日の二十一日、母成峠は深い霧に覆われていた。視界はほとんど利かず、ほんの数間先の兵の顔さえわからない。このぶんなら、敵も攻撃は思い止まるだろう。

砲声が轟《とどろ》いたのは、萩岡に置かれた第一台場の兵舎で、麾下の新選組隊士とともに朝餉《あさげ》を終えた頃のことだった。

「霧を衝いてきたか」

周囲の霧はいくらか晴れてきたものの、山中の行軍ができるほどではない。恐らく、地元の百姓を案内に立てているのだろう。会津の領民は膨大な軍費を賄《まかな》うための重税に喘《あえ》ぎ、さらには母成峠の陣地を築くために村を焼かれている。新政府軍に協力したとしても、不思議はなかった。

「怯《ひる》むな。撃ち返せ！」

土方は中軍山の第二台場、大鳥は母成峠の第三台場にいる。ここは、俺が指揮を執るしかない。味方は遮蔽物に身を隠しながら応戦を始めた。

だが、この第一台場に配されているのは、木砲がたったの一門のみ。威力も射程も、敵の砲には遠く及ばない。兵たちの持つ小銃でも、その優劣は明らかだ。

激しい音を立て、兵舎の屋根が吹き飛んだ。味方は次々と銃弾に倒れ、血の臭いが広がっていく。嵩にかかって撃ちまくる敵に対して、こちらの劣勢は覆いがたい。いくつかの兵舎からは、すでに火の手も上がっていた。

「ここは放棄する。第二台場まで退《ひ》け！」

俺は味方の大半が後退するのを見届け、第二台場を目指した。頭上を銃弾が唸《うな》りを上げて掠めていくが、振り返ることなく中軍山の山道を駆け上る。

第二台場を目前にしたところで、いきなり横合いから銃撃を受けた。無数の悲鳴が上がり、俺の目の前にいた兵も脳漿《のうしょう》をまき散らしながら倒れた。

敵は萩岡に攻め上ってきた隊とは別に、一部の兵に山中を迂回《うかい》させていたらしい。立ち止まれば狙い撃ちされる。ここは駆け続けるしかなかった。

吶喊の声が響いた。右手前方の木々の合間から、敵が続々と湧き出してくる。俺は駆けながら刀の鞘《さや》を払った。突き出された銃剣を払い、首筋を斬り裂く。そのまま足を止めることなく数人を斬り倒し、第二台場に駆け込んだ。

「斎藤、よく戻った」

「申し訳ありません、霧で油断しました」

「仕方ねえさ。こんな霧の中を攻め上ってくるなんて、誰も考えやしねえ」

「しかし、ここを破られれば会津は」

「さんざん増援を要請したってのに、奴らは動かなかった。自業自得ってもんだろ」

突き放すような口ぶりに、俺はかすかな反発を覚えた。

「とにかく、ここは生き延びることだ」

自分に言い聞かせるように呟き、土方は指揮に戻っていった。

第一台場を制圧した敵は、砲を運び上げて盛んに砲撃を加えてくる。こちらも撃ち返してはいるが、第二台場に配されたたった二門の砲では、焼け石に水というものだった。

敵が側面からも攻撃をはじめると、土方は早々に見切りをつけ、味方を第三台場へ後退させた。

こちらが山頂へ追い上げられる形になると、敵の攻撃はさらに熾烈《しれつ》さを増した。大鳥、土方は巧みな用兵で善戦しているものの、敵が第二台場に据え付けた砲は、二十門を超えている。山を迂回した敵が背後を衝くと、勝敗は完全に決した。

「こいつはもう、駄目だな」

「土方さん」

「見ろよ。会津の連中が真っ先に逃げ出してやがる。あいつらのためにここで命張ったって、そいつはただの犬死だ」

言うと、土方は全軍に撤退を命じた。

一度敗走をはじめると、後は統制も何もなかった。そこにあるのはただ、銃声と悲鳴と混乱のみ。逃げ惑う味方の背に銃弾が降り注ぎ、撃ち抜かれた兵が斜面を転がり落ちていく。妻なのか想い人なのか、女の名を叫ぶ声が方々から聞こえた。

土方も大鳥も、混乱に呑まれ姿は見えない。新選組がどれだけ生き残っているのかもわからない。

俺は背後に回り込んだ敵兵を斬り伏せながら、ただひたすら生き残る道を探っていた。なぜ生きたいのか、生きて何を為すつもりなのかも見えないまま、無我夢中で刀を振る。

不意に、右肩に灼《や》けるような痛みが走った。流れ弾。肩口を掠めただけだ。だがその拍子に体勢が崩れ、俺は急峻な斜面を転げ落ちる。天地が回った。頭に鉄の棒で打たれたような衝撃。

視界が霞《かす》み、戦場の喧噪《けんそう》が次第に遠ざかっていった。

四

男の目には、侮蔑《ぶべつ》の色がはっきりと浮かんでいた。

山口家の面汚しめ。お前など、この家には必要ない。どこへなりと失《う》せるがよい、この人殺しが。

ありとあらゆる悪罵《あくば》を連ね、男は踵《きびす》を返して立ち去っていく。

これが、実の息子に浴びせる言葉か。俺が刀の鯉口《こいぐち》を切った刹那《せつな》、男の背中は闇の中に掻き消え、幾人もの男の姿が浮かんだ。

近藤、土方、沖田、永倉、原田。山南《やまなみ》や藤堂《とうどう》の顔も見える。いずれも屈託のない笑顔で、車座になって騒がしく飯を掻き込んでいた。

そうか、ここは試衛館《しえいかん》か。俺はもう何年も感じたことのない安堵《あんど》を覚え、笑みを浮かべた。

沖田のくだらない冗談に一同が声を上げて笑い、近藤が口うるさくたしなめる。顰め面の沖田がまた何か呟き、再びどっと笑いが起こる。

何ということもない、日常の一幕。だがそれは、もう二度と戻ることがない。もしかすると俺は、自分で考えている以上に、あの日々をかけがえのないものと感じているのかもしれない。

柄にもない感傷に身を委ねていたその時、突然炸裂音が響いて目の前の光景を吹き飛ばした。

「……隊長、聞こえますか。隊長！」

重い瞼《まぶた》を開く。見えたのは、軍目付《いくさ》を務める島田魁《しまだかい》の厳《いか》めしい顔だった。急速に、あたりの景色が色を取り戻していく。

「島田君、戦はどうなった？」

「味方はいまだ敗走中。敵はすぐそこまで迫っています」

気を失っていたのは、ほんの短い間らしい。立ち上がり、右腕に力を籠《こ》める。痛みは強いが、俺の利き腕は左だ。左腕一本あれば、刀を振るうことはできる。

重く垂れ込めた雲から、雨が滴《したた》りはじめていた。

土方に従って蝦夷地へ渡るのか。それとも会津にとどまるのか。いまだ決断はつかないが、いずれにしても、こんなところでくたばるのは御免だ。俺は刀を鞘に納め、脇目も振らず駆け出した。


つまらない夢を見たものだった。

父と最後に会ったのは、もう十六年も前のことだ。今ではもう、顔を思い出すことさえほとんどない。

父の山口祐助《ゆうすけ》は播州《ばんしゅう》明石《あかし》藩の足軽だったが、どういうわけか蓄財の才があり、江戸へ出て蓄えた銭で御家人《ごけにん》株を買った。だが、銭で買った御家人の地位など、誰も敬いはしない。自然、その息子にも蔑《さげす》みの目は向けられる。俺は町道場で剣術をかじっては、己の力を示すために喧嘩に明け暮れ、次第に荒《すさ》んでいった。

その頃出会ったのが、近藤勇と試衛館の面々だ。

うらさびれた、町人でさえ百姓剣法などと揶揄するような貧乏道場。だがそこには、俺がこれまで出会ったどんな男たちよりも腕の立つ遣い手が集っていた。小遣い稼ぎにと道場破りに入った俺は、近藤に手も足も出ないまま叩きのめされ、それからこの試衛館に居つくようになる。

剣を本格的に学ぶのも、人の輪の中に加わるのも、はじめての経験だった。だがそれは、不思議と不快ではない。剣の腕は、自分でも驚くほど上達していく。そしていつからか、この道場が自分の家なのだと思えるようになっていた。

だがそんな日々は、盛り場で絡んできた名も知らぬ牢人のために終わりを告げた。きっかけはあまりに些細《ささい》で覚えてはいないが、往来で肩が触れたとかその程度のことだったはずだ。

斬る必要などなかった。だが、俺は酒に酔っていたこともあり、自分の剣が実際にどれほど遣えるのか試してみたくなったのだ。

よほどひどい斬り方だったのだろう。覚えているのは、何箇所も斬りつけられ、血まみれになって倒れた牢人の、恐怖に強張った顔だけだ。

父から勘当された俺は、逃げるように京へ上った。試衛館に立ち寄りもしなかったのは、迷惑をかけたくないという以上に、どこか後ろめたさを感じていたからだろう。

だがそれからほどなくして、賭場の用心棒で生計を立てていた俺は、将軍警固のために上洛《じょうらく》した近藤らと再会する。

「その腕は、攘夷の志のために使うべきだ。君が生きる場所は、このようなところではない。これからは同志として、ともに攘夷の先駆けとなろうではないか」

どこで聞きつけたのか、俺のもとを訪ねてきた近藤は熱っぽく語った。俺は攘夷も開国も関心がないし、理解もできない。だがなぜか、近藤の誘いを断ることができなかった。

「その結果が、このざまかよ」

独《ひと》り言《ご》ち、俺は自嘲《じちょう》の笑みを漏らした。星一つ見えない夜空からは、大粒の雨が滴り落ちている。

母成峠からからくも帰還した俺は、敗戦を報告するため鶴ヶ城へ上っていた。夜も更けていたが、すでに第一報は届いていたらしく、広間には容保以下重臣たちが集っている。

「まこと、母成峠は破られたのだな？」

重臣の一人に蒼褪《あおざ》めた顔で訊ねられ、俺は答えた。

「まことにございます。途上の猪苗代《いなわしろ》城は戦わずして自焼、守兵は撤退をはじめております。敵は余勢を駆って、明日にでもご城下に迫ってまいりましょう」

「して、土方は？」

訊ねたのは容保だった。

「敗戦の混乱の中、姿を見失いました。生死も定かではありません」

「そうか。では今のところ、新選組の長は名実ともに斎藤、そなたということになるのだな」

「はい」

「では、改めて頼む。今、会津は御家存続の危機にある。斎藤、そなたの力が必要だ。会津に残ってくれ」

再び頭を下げた容保に、一同がどよめいた。

容保は、土方や大鳥が会津を見捨てるかもしれないと、どこかで感じていたのかもしれない。それでもこうして辞を低くすることができるのが、この人の強さなのだろう。

何だ、そうか。俺は胸中に呟く。

結局、誰かに必要とされたかっただけか。土方のように、使えるから使うというのではない。容保やかつての近藤のように、心から己を必要としている者を、俺は求めていたのだ。

悪いな、土方さん。あんたの夢には付き合えねえ。心中で詫《わ》び、俺は広間の外まで響き渡るほどの大声を張り上げた。

「勿体《もったい》なきお言葉。先にも申し上げました通り、我が新選組が会津を見捨てることは、決してございません」

その言葉に、重臣の何人かは不信の目を向けてきたが、容保は安堵の微笑を浮かべて頷いている。

ここで死ぬかもしれない。いや、十中八九、会津は滅び、俺も死ぬことになるだろう。だが、きっと後悔はしないはずだ。俺はなぜか、そう確信していた。

五

逃げたのか、それとも死んだのか、若松城下の旅籠に集まった新選組隊士は、総勢わずか三十八名だった。

母成峠での惨敗から一夜明け、城下は騒然としていた。新政府軍迫るの報に、城下の民が荷をまとめて逃げはじめている。

北の方角からは、散発的な砲声が聞こえていた。会津軍は城下への最後の関門である十六橋を確保すべく出陣したが、すでに橋は敵の手に落ちたという。

「隊長、そろそろ」

二階の部屋で城下の喧噪を見つめていた俺は、島田魁に促されて階下へ降りた。

副長助勤の尾形俊太郎《おがたしゅんたろう》をはじめ、安富才助、久米部正親《くめべまさちか》、そして島田。古参の幹部はそれだけで、あとは新参の下級隊士ばかり。深手を負っている者も少なくない。戦意の低下は明白で、覇気が残っている者は誰一人としていなかった。

一同を見回し、告げた。

「悪いが、俺は組を抜ける」

「隊長！」

「何を仰《おっしゃ》るのです！」

幹部たちが揃って声を上げた。下級隊士たちも、狼狽をあらわに俺の次の言葉を待っている。

「今朝早く、土方さんから便りが届いた。あの人は、米沢《よねざわ》を経て仙台へ向かうそうだ。そこで榎本艦隊と合流し、蝦夷地へ向かう」

俺は、母成峠で聞いた土方の計画を話した。

「お前たちは、土方さんの後を追うなり、故郷へ帰るなり、好きにしろ」

「では、隊長はどうなさるおつもりなのです」

島田の怒気を含んだ視線を受け流し、答えた。

「俺は会津に残って戦う。乗りかかった船だ、見捨てるのは義にもとる。誠の旗も泣くってもんだ」

ざわついていた一同が、静まり返った。島田の目からも、怒りの色は消えている。誰もが一様に、己の胸に何事か問いかけるような表情を浮かべていた。

「これは、俺一人の問題だ。皆を道連れにすることはできねえ。だから、俺は組を抜ける」

どれほどの沈黙が流れたのか、久米部正親が口を開いた。

「俺は隊長、いや、斎藤さんに付いていく」

「いいのか？　土方さんに従ったってどうなるかわからねえが、ここに残れば、確実に死ぬことになるぜ」

「構いません。俺は、この会津を死場所と定めました」

「そうか。なら、好きにしな」

結局、久米部以下十四名が会津にとどまり、安富才助ら他の幹部たちは残りの隊士を率いて仙台へ向かうことになった。

安富たちが別れを告げて出ていくと、俺は降りしきる雨の中、たった十四名の配下を率いて若松を出た。城の北西およそ一里のところにある、如来堂《にょらいどう》村に置かれた陣地の守備に就くためだ。敵は十六橋のある北東から若松に迫っているが、越後方面から侵攻してくる敵にも備えなければならなかった。

「それにしても、お前たちは物好きだな。土方さんに付いていけば、生き残れる目もあったってのによ」

俺がからかうように言うと、久米部は微笑を湛えながら答えた。

「生き残りたいのであれば、皆とっくに組を抜けてますよ。俺が残ったのは、斎藤さんの士道に感銘を受けたからです」

「士道か」

そんなもんじゃねえよ。その呟きは雨音に掻き消され、久米部の耳には届かなかった。

如来堂村は、若松の西を流れる大川《おおかわ》のほとりにある。そこにはすでに五十名ほどの旧幕府陸軍兵が屯《たむろ》していて、村名の由来ともなった小さな堂に本営が置かれていた。

ここへ移って、すでに十日以上が過ぎていた。

その間に、敵は十六橋を破って若松へ突入を果たしている。城下はほぼ制圧され、城へ近づくこともできない。城外に取り残された会津軍と新政府軍の間で幾度かの戦闘があったものの、城へ入ることができたのはほんの一部にすぎなかった。八月二十九日には城下の長命寺というところで激しい戦があったが、会津軍は多くの死傷者を出して敗退したという。

その間、俺は如来堂村を動かず、城へ入る機を窺《うかが》っていた。

いずれ死ぬとしても、出来る限り多くの敵を道連れにしたい。いや、冬まで耐え抜けば、雪に不慣れな新政府軍を追い払うことも不可能ではない。いずれにしろ、こんな辺鄙《へんぴ》な場所にいるよりも、城へ入って戦うべきだ。

「俺はもう、我慢できません」

如来堂の本営で言ったのは、新選組で伍長を務めた志村武蔵《しむらたけぞう》だった。久米部も頷き、後を引き継ぐ。

「敵はこの数日で力攻めを諦め、包囲戦に切り替えたようです。今なら、城へ入る機会もあるでしょう。このままでは糧食も尽き、戦うこともできなくなります」

言われるまでもなくわかっていた。新選組隊士たちはともかく、旧幕府軍からはかなりの脱走兵も出ている。遠からず、こちらの戦力は半減するだろう。

「そろそろ潮時だな」

短期決戦から長期戦へ戦術を転換し、城から出撃した軍も撃退した。これまで戦いづめだった新政府軍には、そろそろ緩みが生じてもおかしくはない。

「明日未明、城に接近し、機を見て城内へ入る。残った糧食は、すべて放出しろ。酒も出してやれ。ただし、飲み過ぎない程度だ」

言うと、二人は顔を輝かせた。

その晩、兵たちは久方ぶりに腹を満たし、酒に酔った。堂の境内では焚火《たきび》を囲んでいくつかの車座ができ、方々から笑い声や唄声が聞こえてくる。

俺は車座から離れた場所に腰を下ろし、手酌で飲みながらその様子を眺めていた。京にいた頃は、祇園《ぎおん》に繰り出すたびにこんな光景を目にしたものだ。賑やかな席は苦手だったが、今となっては懐かしさを感じなくもない。

「隊長、お一人で飲んでいないで、一緒にやりましょう」

一人の若い隊士が、瓢《ひさご》を手にこちらへ近づいてきた。隣に勝手に腰を下ろし、俺の碗に酒を注ぐ。

「俺は、隊長は情などない、恐い人だと思ってました。でも、会津を見捨てないと仰った時、ああ、俺はこの人に付いていきたいと思ったんです」

いくぶん、呂律《ろれつ》が回っていない。俺は苦笑しつつ、適当に話を聞き流した。

「明日は鶴ヶ城へ向かうんだ。ほどほどにしておけよ」

「大丈夫ですよ、このくらい。おっと、酒が切れちまいました。新しいのを取ってきます」

若い隊士が起ち上がった刹那、俺は背中の肌がひりつくのを覚えた。待て。口に出すより早く、隊士の頭が轟音とともに砕けた。

「敵襲！」

俺は地面に伏せて叫んだ。だが、その声は立て続けに起こった銃声に掻き消され、味方は次々と倒れていく。

ここに会津軍の陣地があることは知られていないはずだ。脱走した旧幕府兵が捕らえられて口を割ったのか。あるいは新政府軍に情報を売ったか。いや、詮索している暇はない。

敵は喊声《かんせい》を上げ、境内に斬り込みをかけてきた。砲は持たず、弾薬もそれほどないのだろう。

俺は立ち上がり、刀を抜いた。敵がどれほどの数かはわからないが、白兵戦ならばまだ、突破できる目はある。

「全員、一丸となれ。囲みを破り、鶴ヶ城へ向かう」

最初の銃撃で、三分の一近くがやられた。残った味方がそれぞれの得物を手に、俺のもとへ集まってくる。

「最後まで望みを捨てるな。死ぬのなら、鶴ヶ城で果てろ」

悲壮な顔つきで何人かが頷くのを確かめ、俺は地面を蹴った。先頭を駆ける敵の胴を薙ぎ、もう一人の腕を斬り飛ばす。横合いから突き出された銃剣をかわし、喉を抉《えぐ》る。噴き出した血を全身に浴びながら、さらに一人を袈裟《けさ》懸《が》けに斬り伏せる。

積み上げた土嚢《どのう》を乗り越え、境内を出た。味方が何人残っているのかはわからない。久米部や志村の姿も見失った。俺は体中に浅い傷を受けながら、ただひたすら刀を振るう。気づけば、俺の周囲にいるのはほんの十人足らずだった。

敵の囲みを抜け、竹林に飛び込んだ。背後から銃声が響き、右の脇腹に鋭い痛みが走る。流れ出した血が腿《もも》を濡らしていくが、それでも足だけは止めない。

かなりの血を失ったせいか、視界が霞む。いくつかの顔が、闇夜の中に浮かんだ。近藤、沖田、藤堂、山南。

何だよ、揃いも揃って。俺を迎えにきたのか？

だが、まだだ。まだ、終わっちゃいない。新選組は、ここにある。

朦朧《もうろう》とした頭で呟きながら、俺は闇の先にあるはずの鶴ヶ城を目指して歩を進める。

六

銃声と砲撃音が耳朶《じだ》を圧し、硝煙の臭いが鼻を衝いた。

轟音の合間を縫って、倒れた味方の呻《うめ》き声も聞こえてくる。死にたくねえ。母ちゃん、助けてくれ。か細い声は、方々から途切れることなく続いていた。

俺は懲《こ》りもせず、また戦場に身を置いていた。夏の日射しの下、掩体《えんたい》に隠れて敵の弾をやり過ごしながら、異郷の空を見上げる。

明治十年六月、豊後竹田《ぶんごたけだ》の政府軍陣地。敵は、日向《ひゅうが》から北上してきた西郷隆盛軍だった。西郷軍主力は田原坂《たばるざか》の戦いに敗れて肥後からも撤退しつつあるというが、豊後口ではいまだ激しい攻防が繰り広げられている。

弾雨の中、近くにいた若い巡査が喚き立てた。

「藤田《ふじた》さん、敵の勢いが止まりません。このままでは……」

「狼狽《うろた》えるな。敵の弾薬はじきに尽きる。それまで、弾が当たらないよう祈ってろ」

警視庁警部補にして、豊後口警視徴募隊二番小隊の半隊長。それが、今の俺の肩書だ。斎藤一、山口二郎の名も捨て、藤田五郎《ごろう》と名乗っている。かつては賊軍に与した俺が、政府軍の一員として薩摩の軍と戦っているのだから、世の中とはわからないものだ。

戦場の臭いに身を浸せば、脳裏には自然と会津での戦の日々が蘇《よみがえ》ってくる。如来堂村で敵の急襲を受けた俺は、わずかな生き残りとともに命からがら鶴ヶ城へたどり着いた。それから落城まで城の内外で戦い続け、降伏後、越後高田《たかだ》で投獄される。

土方のその後の消息を聞いたのは、釈放されてからだった。

蝦夷地に渡った土方らは箱館を奪ったものの、不運にも榎本艦隊の主力艦・開陽《かいよう》を海難事故で失い、海軍の優位を失った。そして押し寄せた新政府軍に抗しきれず箱館は陥落、榎本らは降伏する。幹部の中で戦死したのは、土方だけだったらしい。

土方の最期は、新選組鬼の副長に相応《ふさわ》しい、壮絶なものだったという。死を覚悟して会津に残った俺が生き残り、生きるために蝦夷地へ渡った土方が見事な最期を遂げる。何とも皮肉な話だった。

釈放されると、俺は陸奥《むつ》の北の果て、斗南《となみ》へ向かった。戦後、会津藩は改易されたものの、地道な嘆願が実って藩の再興を許されていたのだ。斗南は、旧会津松平家の新たな領地だった。

だが、そこでの暮らしは言語に絶するほど苛酷なものだった。痩せた土地に、陸奥湾から吹きつける凍てつく風。作物はまるで育たず、冬には身の丈を超える雪が降り積もる。冬になれば一家が揃って餓死することも珍しくはない。斗南で迎えた最初の妻も、質《たち》の悪い病で命を落とした。

結局、移封とは名ばかりで、新政府は会津藩を丸ごと流罪に処したのだ。私怨か、あるいは見せしめか。いずれにしろ、ほんの数年の間で、会津戦争を戦い抜いた藩士とその家族の多くが、痩せ衰えて死んでいった。

廃藩置県で斗南藩が廃されると、俺は東京へ出た。斗南で二人目の妻を迎え、子も生まれていたため、石に齧《かじ》りついてでも食い扶持《ぶち》を見つけなければならなかったのだ。そしてどうにか得たのが、新設された警視庁の邏卒《らそつ》の地位だった。新政府のために働くのは反吐《へど》が出る思いだったが、妻子を養うためには、勤め先を選んでなどいられない。

俺がかつての新選組三番隊長、斎藤一であるらしいという噂《うわさ》は、入庁当初から一部で囁《ささや》かれていたらしい。だが、それで不利益を被ったということはない。誰も、俺に真相を訊ねる勇気がないのだろう。

新選組といえば今も、天朝に逆らった逆賊、人斬り集団という評価に変わりはない。親しくしようという者は誰もおらず、俺は庁内で、常にどこか浮いた存在だった。もっとも、人付き合いの苦手な俺からすれば、むしろありがたいことではあるが。

ともあれ、警視庁での仕事は新選組や斗南での日々と比べればぬるま湯のようなものだった。夜道でいきなり斬りかかられることもなければ、士道不覚悟で腹を切らされることもない。そんな毎日にいささか倦《う》みはじめた頃、西郷隆盛が起《た》った。そして、開戦から三月が過ぎた五月十八日、俺が属する警視隊にも出陣命令が下る。

この日を待ち望んでいたわけではない。この十年で、戦を願ったことも、誰かを斬りたいと思ったこともない。新選組三番隊長だった斎藤一は会津で死んでいる。藤田五郎は、妻子を養うことに汲々《きゅうきゅう》とする、どこにでもいる平凡な男にすぎない。

命令されたから戦うだけだ。頭の中ではそう思っていても、体を流れる血は熱くなった。

所詮、人斬りは人斬りか。自嘲の笑みを浮かべた時、敵陣からの銃声がやんだ。隣の巡査の表情が、安堵に緩む。

「気を抜くな。すぐに斬り込んでくるぞ」

教えてやると、巡査の顔が再び引《ひ》き攣《つ》った。

まったく、最近の若い連中は。胸中でぼやくと、俺はゆっくりと立ち上がった。狭い山道を、百人を超える薩摩兵が吶喊の声を上げ、刀を振り上げ駆け上ってくる。

面白ぇ。銃だの大砲だのばかりのこの時代に、刀を手に斬り込みかよ。それでこそ、薩摩隼人《はやと》ってもんだ。

この戦を最後に、武士という生き物は滅びるのだろう。ならば、派手に立ち回ってやるのも一興だ。

俺は口元に笑みを浮かべ、腰の刀を抜き放つ。摂州鬼神丸国重《せっしゅうきじんまるくにしげ》。京都でも会津でも、こいつとともに戦ってきた。

夥《おびただ》しい血を吸った刀身に刻まれた、無数の傷。その一つ一つに目をやる。

会津は救えなかった。土方のように、後の世に語り継がれるような死に方もできなかった。

だが、俺はまだ生きている。せっかく死にぞこなったこの身だ。戊辰《ぼしん》の戦で殺された者たちの恨み、いくらかでも晴らさせてもらうとしよう。

だが、この戦で死ぬつもりなど微塵《みじん》もない。今の俺には、守らなければならないものがある。生きて帰って、つまらない仕事で妻子を養う、ぬるま湯のような日々に戻るのだ。

「総員、抜刀。突撃用意」

部下たちに命じると、俺はいにしえの武人のように、周囲に響き渡る大音声《だいおんじょう》を上げた。

「新選組三番隊長斎藤一、参る」

慈母のごとく

木下昌輝

嵐の日の雨滴《うてき》のように、銃弾が降り注いでいた。倒れる兵は多い。だが、それよりもずっと目につくのは、背を見せる侍たちだ。刀や槍、弓で武装した幕府軍の兵たちが、次々と逃げだしていく。対する薩長土《さっちょうど》を主体とした敵軍は、新式銃を全員が構えている。

土方歳三《ひじかたとしぞう》は、伏見奉行所《ふしみぶぎょうしょ》の塀の上でその様子を見ていた。

「鬼がいねえ」

腕を組み、ひとりごちる。肩や頭を幾度も銃弾がかすった。

幕府軍には侍大将の数は多い。しかし、誰も逃げる兵卒を叱らない。どころか、兜《かぶと》を捨てて兵たちの中に紛れ込む始末だ。

「やはり、もう刀や槍の時代ではないですな」

塀の下からのそりと上体を持ち上げたのは、力士のような大男だ。

新選組隊士の島田魁《しまだかい》である。

「土方さんがあれだけ新式の軍制をとりいれろと言ったのに」

塀に胸を乗せ、島田魁はため息をつく。

刀槍では、海外列強はおろか薩長にも勝てぬ、といち早く見抜いたのは土方歳三だ。だが、反対勢力が多く挫折した。

「弱《よえ》えのは、幕府が刀剣に頼っているからじゃねえよ」

島田魁が不思議そうに見上げる。たとえ幕府軍の全てを洋式化しても、薩長には勝てない。なぜか。

「鬼がいねえから、幕府は弱いんだ」

どんなに素晴らしい装備があっても、率いる将が腑《ふ》抜《ぬ》けでは勝てない。

今、土方歳三ら新選組は、伏見の地にいる。徳川慶喜《とくがわよしのぶ》が大政奉還《たいせいほうかん》したのが、二ヵ月半前の昨年の十月。新選組も京の市中見廻《しちゆうみまわり》の任を解かれ大坂へと移ったが、薩長は倒幕の兵を挙げた。歳三らは伏見奉行所に新選組を布陣させ、幕府軍や会津《あいづ》藩とともに敵を迎え撃っている。

近藤勇《こんどういさみ》は陣中にいない。先日、御陵衛士《ごりようえじ》の残党に狙撃され、後方で治療している。

かわりに指揮をとるのは、土方歳三だ。

さすがに弾幕が厚くなったので、土方歳三は塀から飛び降りる。首を巡らせて陣内の様子を見た。刀槍とほんのわずかな新式銃を持つ新選組の隊士たちが、顔を青ざめさせている。自分たちの手に持つ武器が、この戦場では玩具に等しいことをわからされたのだ。

首を塀へと戻した。ひとりの侍がよじ登り、伏見奉行所に逃げ込もうとしている。鎧《よろい》は泥だらけだが、血や銃弾の痕はない。

歳三は躊躇《ちゅうちょ》なく、腰の刀を抜いた。

「どこの誰が、退《ひ》けと言った」

言葉と切っ先を、飛び降りた兵に叩きつけた。血が噴水のようにほとばしるが、すでに歳三は体を移動させて、返り血の一滴さえ浴びない場所にいた。

「手前も侍なら、敵陣に頭を向けて死ね」

倒れる侍を、歳三は容赦なく蹴りつけた。

ゆっくりと周りを見る。青ざめる隊士たちの顔は変わらないが、引き絞った口から覚悟が滲《にじ》んでいた。

――やはり、鬼が必要だ。

一歩、二歩と前へ出る。新選組の隊士たちも無言でそれに続く。

「今から、奸軍《かんぐん》に切り込む。塀を乗り越えて、攻める」

全員が唾《つば》を飲んだ。

「局中法度《きょくちゅうはっと》は、市中でも戦場でも変わらねえ。退けと命令があるまで、退くことは許さん」

歳三は、刀を持つ腕を天へと掲げる。

すでに、梯子《はしご》が十数本も塀に架けられていた。隊士たちが腰を沈める気配が伝わる。

歳三が号令するより早く、隊士たちが咆哮《ほうこう》した。

梯子に足をかけ、薄い塀を次々と飛び越えていく。

*

敗兵を甲板《かんぱん》の上にまで載せた幕府軍艦が、海の上を進んでいた。土方歳三は舳先《へさき》に立って、針路を睨《にら》んでいる。鳥羽伏見の戦いは、幕府軍の惨敗だった。新選組は多くの隊士を喪《うしな》う。態勢を立て直すため、敗兵を軍艦に収容し江戸へと帰るところだ。

視界には波濤《はとう》が映っていたが、歳三は見ていない。いかにして新政府軍に立ち向かうかを、必死に考えている。新式軍への移行だけでは足りない。

歳三の思考をさえぎったのは、気合いの掛け声だった。

振り向くと、いつのまにか新選組の隊士が稽古《けいこ》をしていた。包帯を巻きつけた数人が、勇ましく刀をふっている。

歳三の顔が歪《ゆが》んだ。刀槍が役に立たぬと知って、なぜ刀を振る。今、鍛えるべきは剣術ではない。そんなこともわからないのか。

舌打ちして、歩み寄る。歳三の怒気を感じてか、振り上げていた刀が止まった。

「あぁ、副長、申し訳ありません。うるさかったでしょうか」

見当はずれの謝罪が、さらに歳三をいらつかせる。

「歳、よせよ」

振り向くと、角ばった輪郭の男が立っていた。肩には浅葱《あさぎ》の隊服がかけられている。

「そんな面《つら》で迫るなよ。ただでさえ歳は、鬼の副長って恐れられてるんだから」

割って入ったのは、近藤勇だった。硬直していた隊士たちの顔が、慈母に出会ったかのように綻《ほころ》ぶ。

「みんな、なんで歳が怒ってるかわかるか。腰が入ってないんだよ、腰が」

笑みとともに、近藤が隊士の尻を叩く。

「力士が立ち合うように、もっと股《また》を割るんだよ。それが新選組の構えだ」

近藤が隊士たちに剣の振り方を教える。皆、感激で瞳が輝いていた。

ひとしきり教授が終わると、歳三へと向きなおる。

「お前の言いたいことはわかっているよ」

小声で肩を叩く。

「近藤さん、甘いぜ。今やるべきは……」

「わかってるって、言ったろう。伏見ではいっぱい死んだ。今は、正論で隊士を鞭《むち》打つ時じゃない」

隊士たちから離れつつ、近藤は続ける。

「歳、お前の言うことは間違っちゃいねえ。だがな、厳しさだけでは隊はまとまらねえ」

歳三の脳裏によぎったのは、鳥羽伏見で潰走《かいそう》する幕府軍の姿だ。

「それは違う」

思わず強い言葉が、口から出る。

「戦に必要なのは、鬼だ。じゃないとまた負けちまう」

その証拠に、新選組は勇戦した。退却の指示があるまで、退かなかった。

結果、多くの士が死んだ。が、構わない。犠牲を惜しみ、幕府軍のように逃げていれば、新選組は侮《あなど》られ形を成さない。

「優しさじゃあ、隊はまとまらねえよ」

刀を振る隊士と近藤を、順番に睨みつけた。近藤が目を伏せたのは、歳三の言うことが是《ぜ》だと理解したからだろうか。

「無論のこと」

目を船底へ続く扉にやった。隊士たちの笑い声が漏れ聞こえてくる。

「総司《そうじ》の軽口でもだ」

沖田《おきた》総司は肺の病で伏せっている。鳥羽伏見の合戦には参加できなかった。今も船底の奥深くで療養しているが、体調の良い時は隊士の前に顔を出し、軽口を叩く。

今もそうだ。

近藤が、ため息を吐き出した。

「歳よ、お前の言うことは正しい。だが、鬼だけでは、いつか隊は崩壊するぞ」

返答しないことで、歳三は反対の意を示す。

「俺たちは明日をも知れぬ身だ。歳が、俺のかわりに新選組を率いる時もあるだろう」

事実、鳥羽伏見ではそうなった。

「その時、お前が単なる厳しいだけの鬼だったら、誰もついてこねえぞ」

馬鹿馬鹿しいと呟《つぶや》き、目を波濤へとやった。

打ちつける波が、幕府軍艦を阻むかのように立ちふさがっている。

＊

近藤勇は、腕を組み瞑目《めいもく》していた。酒の匂いが染み込んだ屋敷の二階座敷でのことだ。近藤を囲むのは、土方歳三や巨漢の島田魁を含め数人しかいない。

江戸へ帰った新選組は甲陽鎮撫隊《こうようちんぶたい》を結成するも、甲斐国勝沼《かいのくにかつぬま》の地で新政府軍と戦い敗れた。再び江戸に戻ってからは、幕臣の勝海舟《かつかいしゅう》の援助を受け、乱暴を働く逃亡兵鎮撫を名目に武総《ぶそう》方面で軍を再集結させていた。

歳三は目を窓の外へとやる。近藤らが本陣とするのは、下総国流山《しもうさのくにながれやま》にある酒屋の屋敷だ。それを何百人もの新政府軍が囲っていた。間の悪いことに、近藤らの配下は調練のために出払っている。その間隙《かんげき》を突かれたのだ。新政府軍は使者をよこし、指揮官の出頭を求めている。近藤ら新選組が主力とは知らないようだ。江戸に戻ってから、近藤は大久保大和《おおくぼやまと》、歳三は内藤隼人《ないとうはやと》と改名していたのが、意外なところで役に立った。もし名を変えていなかったら、今頃は銃撃にさらされていただろう。

だが、危機に変わりない。このまま返答がなければ、攻められるだけだ。窓の外の敵は、新式銃の銃口を油断なくこちらに向けている。

「諸君」

近藤が瞼《まぶた》を上げた。嫌な予感がする。

「ここに至れば、悪あがきはしたくない」

歳三は己の予感が当たったことを確信した。

「武士らしく腹を切ろうと思う」

清々《すがすが》しいほどの微笑をたたえて、近藤は言う。敗軍の将とは思えぬ態度だ。近藤にとって、腹を切ることは敗北ではない。誉《ほまれ》ある武士として死ねるからだ。

見事な覚悟だと思う反面、歳三の臓腑の底で反抗心が火花を散らす。今、近藤が腹を切れば、鳥羽伏見で死んだ仲間はどうなる。

犬死ではないか。

「近藤さん」

強い言葉と共に、歳三は膝を躙《にじ》らせる。

「俺は反対だ。まだ、腹を切るには早い」

同席する仲間たちがどよめいた。

「幸いにも、敵は俺たちが新選組の近藤、土方とは知らない。ここは博打《ばくち》を打つべきだ。運を天に任せ、出頭するんだ」

「出頭するだと」

狙撃された時でさえ見せなかった苦悶《くもん》の表情を、近藤は浮かべた。

「その間に、俺は江戸へ行く。勝と折衝《せっしょう》する。上面《うわつら》だけだが、俺たちの目的は鎮撫だ。奸軍への反抗じゃない。そこを突いて敵を謀《たばか》れば釈放される。再起をはかれる」

「歳、お前は……」

近藤の厚い唇が震えている。

「もし、俺が新選組の近藤勇だとばれれば、どうなるかわかって……」

「その時は、間違いなく斬首だろうな」

近藤の顔から血の気が引く。死が怖くてではない。近藤は罪人として死ぬのが――

武士として死ねないことが、何より恐ろしいのだ。近藤にとって唯一の敗北は、罪死である。それ以外の戦死や切腹は、武士として幕を引けるという意味では勝利に等しい。

「それを知った上で、出頭しろと言うのか」

歳三は己の両膝頭《ひざがしら》を強く握った。

「井上さんはじめ、鳥羽伏見では仲間が多く死んだ」

あえて強い口調で続ける。

「近藤さんが腹を切れば、井上さんたちは浮かばれるのか」

近藤は目をきつく閉じる。

一体、どれくらいたっただろうか。

「歳」と、絞り出すように近藤は言った。

「お前は本当に鬼だな」

歳三は何も答えない。

「わかった……いいだろう」

ゆっくりと、近藤が目を開く。

「歳の策に乗ろう」

「恩に着る」

「ただし、条件がひとつある」

「条件？」

「そうだ。条件を飲んでくれれば、俺は出頭し、歳の策に命を託す」

無論、否などと言えない。歳三は頷《うなず》いた。

「俺がもし死ねば、お前が新選組の頭だ。歳には才がある。心配しちゃいない。だが、ひとつ約束してくれ。鬼の歳三は封印する、と。今のお前じゃ、誰もついてこねえ」

目を細め言う近藤は、少年時代に出会った頃の雰囲気となぜかよく似ていた。

「どうだ、歳」

ふん、と鼻で息を吐く。

「近藤さんよ、勝との折衝に、俺が失敗するかのような言い方じゃねえか」

わざと少年の頃の伝法《でんぽう》な口調で言った。

「馬鹿野郎。運を天に任すと言ったのは、歳じゃねえか。もともと勝ち目の薄い策だろう」

どこまでも、近藤の声は優しかった。思わず、歳三のこうべが下がる。視界には、胡座《あぐら》を組む己の足と掌《てのひら》しかない。かすかに指が震えていた。体は、心よりもずっと正直だ。

「歳よ、どうなんだ」

拳を強く握りしめて、震えを殺す。

「わかった。約束するぜ」

床が軋《きし》む音がして、近藤が立ち上がったことを悟る。歳三は首を上げられない。

「歳よ、じゃあ約束したぜ」

足音が遠ざかる。恐る恐る首を持ち上げた。もう、近藤はいない。目を窓へとやる。ひとりの武士が、新式銃を持った兵士によって十重二十重《とえはたえ》に囲まれていた。

*

東照大権現《とうしょうだいごんげん》の旗が、宇都宮城《うつのみやじょう》と向かいあうようにして屹立《きつりつ》していた。その下に集うのは、伝習隊《でんしゅうたい》第一大隊や桑名《くわな》士官隊などで構成された、旧幕府軍の先鋒だ。指揮官は旧幕府軍前軍の参謀に就任した、土方歳三である。

黒い軍服を着た完全洋装で、腰に一本の刀を差し、白馬にまたがっている。南から吹く風が、歳三の背と東照大権現の旗を押すかのようだ。

流山で近藤勇が自首した後、土方歳三も重囲を脱し、江戸へ向かった。勝海舟と面会し、近藤釈放を協議する。だが、すでに勝らは江戸城明け渡しを決定していた。このままでは、遠からず歳三らも捕縛される。江戸城明け渡しの日、歳三は十人に満たぬ隊士と共に、江戸を去らざるを得なかった。そして下総国鴻之台《しもうさのくにこうのだい》の地で、新政府軍に反旗を上げる旧幕府軍の三千と合流する。

ちなみに、大久保大和と名乗る近藤は、いまだ虜囚《りょしゅう》の身だ。噂では、御陵衛士の生き残りによって身元がばれたとも、未だに大久保大和と騙《だま》しおおせているとも聞こえてくる。近藤が無事釈放されることを信じ、今は力を蓄え戦い続けるしかない。

「副長、今回の城攻めは手こずりそうですね。さすがに数が多い」

そう言ったのは、島田魁だった。城には、六百の新政府軍が立て籠もっている。歳三率いる先鋒は、それよりやや少ない。ちなみに前日と前々日には、下妻藩《しもつま》と下館藩《しもだて》を下したが、寡兵《かへい》だったため一戦も交えていない。

「ふん、同志たちの無念をはらすにゃ、六百の首を墓前に並べても足らねえよ」

島田魁が難しい顔をした。

「副長、どうするおつもりですか」

問いかけの意味がわからず、目をやって先を促す。

「流山での近藤局長との約束ですよ」

「ああ」と、膝を打った。鬼を封印するという、あれか。

「約束はしたが、まだ近藤さんは死んじゃいねえ」

まだ近藤の代理であり、跡は継いでいない。約束を履行するのは、近藤が帰ってこないと決まってからだ。

「じゃあ、鬼は封印しない、と」

「するわけねえだろう。今さら鬼のふたつ名を返上するなんて、柄《がら》じゃねえぜ」

かぶせるように続ける。

「第一、近藤さんが戻ってきた時、俺が仏の土方になっていたら、近藤さんの居場所がないだろうが。本堂に仏像はひとつで十分だ」

軽口のつもりだったが、島田魁は愛想笑いさえも浮かべない。総司のようにはいかないねえ、と目を前へと戻す。

刀を抜いて、天に突きつけた。兵卒たちが銃を握りしめる音が耳に届く。

「いいか、この一戦が正念場だ。皆、心してかかれ。退くものは斬る」

刀の切っ先を宇都宮城につきつける。と同時に、銃口と砲口が火炎を吹いた。

城だけでなく、町のあちこちが燃えていた。火の粉が舞うなか、歳三は兵を叱咤《しった》する。

「手は緩めるな。ひと押しに押しつぶせ」

鞭打つように歳三は連呼する。兵たちは肩で息をしており、体力の限界は近い。が、それは敵も同様だ。何より、すでに強硬策以外の手も打っている。一隊を、城の背後へ回らせているのだ。別働隊のためにも、ここは勇戦が必要な局面だ。

銃弾が幾度も肩や頬《ほお》をかする。東照大権現の旗が苦しげになびく。風が吹いて、黒煙が大量にやってきた。咳《せ》き込みつつも、薄く目を開ける。斜め前方の一隊が、崩れようとしていた。

「踏みとどまれ。退くな」

歳三の一喝で、後ずさろうとした兵卒たちの足が止まる。そこに降り注いだのは、敵の銃弾だった。

「ひいい」と、悲鳴が聞こえた。

とうとう、味方のひとりが城に背を向ける。よろけつつ、戦列から離れた。両脇に並んでいた兵たちに動揺が走り、それはたちまち隊全体に伝播《でんぱ》する。

——このままでは、陣が崩れる。


歳三の行動は速かった。

白馬を飛び降り、地を蹴る。開戦以来、刀は抜いたままだ。

「誰が退いていいと言った」

逃げる兵卒に罵声《ばせい》を叩きつけた。同時に刀を振り上げる。殺気を感じたのか、兵が顔を向けた。骨ばった輪郭を持つ若者だった。頬にはまだ、そばかすが散っている。

近藤の若き頃に似ている。

思った時には、すでに斬撃を浴びせていた。袈裟《けさ》懸《が》けの一撃は、柔らかい首から胸へと兵卒の体を断つ。血が吹きこぼれて、若い兵は倒れた。

いつもなら半身になって返り血を避けるはずが、できなかった。顔から胸にかけて、温かい血が大量に吹きかかる。慌てて首を振り、軍服の袖で拭《ぬぐ》う。

なぜだ——と自問していた。

なぜ、返り血を浴びた。俺は、そんな間抜けな剣士だったか。

顔を上げると、味方が呆然とこちらを見ていた。

「何を惚《ほう》けている」

歳三の怒声に、皆が肩を跳ね上げる。

「いつ休めと言った。攻めろ」

血刀を閃《ひらめ》かせると、兵卒たちの顔が蒼白に変わる。

「死ぬなら、逃亡者と勇者、どちらがいい」

歳三の気迫に、城の方へと後ずさる。

「選べ。逃亡者として俺に斬首されるか」

さらに一歩二歩と近づく。

「それとも前へ進み、勇者として死ぬか」

皆が歳三に背を向けた。銃口を城へと突きつける。怯《おび》える背中が激しく震えていた。

「突撃しろ」

血刀を振って歳三は叫ぶ。亡者のような咆哮と共に、兵卒たちが弾幕へと飛び込む。

＊

「ふざけるな。日光を見捨てて会津へと逃げろというのか」

土方歳三の怒号が、接収した宿の一室に轟《とどろ》いた。罵声を浴びるのは、腹に包帯を巻きつけた男だ。秋月《あきづき》といって、歳三とともに伝習隊を率いる指揮官である。

宇都宮城は、歳三の采配で陥落させた。だが、展開する新政府軍の動きは速い。疲れ切った歳三らを留守に残し、旧幕府軍は迎撃に出るが大敗。その勢いのまま宇都宮城へと殺到された。歳三らも戦うが、たちまち弾丸を撃ち尽くす。だけでなく秋月、歳三のふたりが被弾し、退却を強いられた。

宇都宮城を官軍から奪取して、わずか四日後のことだ。

今は、日光東照宮で合流するために、途中の今市《いまいち》という宿場町にいた。だが、この地で指揮官の秋月と歳三の意見が対立する。

「土方殿、そうは言うが、このまま日光で戦っても無駄死にだ。ここは会津へ退くべきだ」

「無駄死にじゃねえ」

歳三は床に拳を叩きつけた。それだけで、負傷した足が軋むように痛む。

「まず、日光東照宮へ兵を集める。まさか、神祖《しんそ》家康《いえやす》公が墓参りのために東照宮を建てたと思っちゃいねえだろうな」

「馬鹿にされるな。東照宮が要害であることなど知っている」

「さらに徳川家にとっての聖地だ。ここに兵を集わせることで、奸軍憎しの同志の決起を促す」

「空論だ」と、秋月はすかさず頭を振る。

「ちがう。東照宮を見捨てて会津へ行けば、味方になる者たちからも見捨てられちまう」

互いに睨みあう。

その時、外から馬蹄《ばてい》の響きが聞こえてきた。

「秋月隊長、土方参謀、江戸からご使者様が参られました」

交わらせた視線を、外さざるを得ない。

「江戸ということは、薩長の使者か」

刀を杖にして、歳三は立ち上がった。

「いえ、幕臣の勝様のご使者様です」

ふたりは顔を見合わせた。やがて、裃《かみしも》を着たひとりの武士がやってきた。戦傷兵ばかりがたむろする宿では、糊《のり》のきいた着衣がひどく場違いに思える。着座することなく、使者は歳三と秋月を正面に見据えた。

「続いて日光の本陣へも向かうゆえ、要件のみを手短にお伝えする」

日光の地には、すでに伝習隊を指揮する大鳥圭介《おおとりけいすけ》らが集結している。

「日光東照宮を戦火にさらすことは、ご遠慮願いたい。これは勝様だけでなく、江戸にいる幕臣の総意である」

歳三の視界が歪んだ。

「もし、強情をはり、日光に陣取るようなら、幕臣はそなたらを見限る。いや、神祖家康公の廟墓《びょうぼ》を狼藉《ろうぜき》する賊とみなす」

日光からの撤退を主張していた秋月でさえ、怒りをにじませるほどの横柄《おうへい》な態度だった。

「以上、しかとお伝えした。今から同様のことを、日光にいる大鳥殿に伝えてくる」

そのまま使者は踵《きびす》を返そうとする。が、どうしたことか、背を向ける途中で止まった。

「そうだ。土方殿、お伝えせねばならぬことがある。少しよいか」

廊下へ出られよ、と目で促された。

「ここで、結構だ。元幕臣のご使者殿」

歳三の皮肉に、使者の表情が強張《こわば》った。

「ここで言えない話ならば、薩長から託された甘言《かんげん》以外あるまい。聞くまでもねえ」

軽く舌打ちして、使者は歳三に向き直った。

「話というのは、近藤殿のことだ」

「な、なんだと」

思わず歳三は、使者に詰め寄る。痛む足が崩れ、無様に片膝をついた。

「無理をされるな」

秋月の言葉を無視して、足を引きずり使者に近づく。

「近藤さんがどうした」

気づけば、腕が使者の襟《えり》を摑もうとしていた。

「処刑が決まった」

歳三の腕がぴたりと止まる。

「い、今、何と言った」

「処刑が決まったのだ」

虚空で止まった腕が、震え出す。

「明日、斬首とのことだ。板橋宿《いたばし》の刑場だ」

両膝が折れて、床についた。

「斬首だと」

口から自然と言葉が溢《あふ》れ落ちる。

手が勝手に頭をかきむしる。

「嘘だ」と、呟いていた。

わかっていただろう、と誰かが叫んだ。

鋭く振り向く。

背後には秋月がいるだけだ。強張った顔から、秋月の言葉でないのは明白だった。

「嗚呼《ああ》」と、情けない声を出す。さっきの言葉は、己自身が発したのだと悟った。

そうだ、と声を出さずに言う。

俺はわかっていた。

近藤さんが、十のうち九は打ち首になることを。ほぼ間違いなく、武士として死ねないことを。

わかっていてなお、己は蜘蛛《くも》の糸のような勝機に賭けた。

なぜか、床が左右に揺れている。視界が暗くなりつつある。

歳三は叫んだ。

喉《のど》から声が、迸《ほとばし》る。

力の限り、己の足を殴った。

包帯の巻きつく足を、拳で激しく打擲《ちょうちゃく》する。

意識は覚醒し、揺れも消えた。

かわりにささやかな痛みが走る。

なぜだろうか。負傷する足ではなく、胸の奥が軋むのは。

*

仙台城《せんだいじょう》の廊下に、幕臣らしくない伝法な声が響いていた。

「畜生、頭でっかちの馬鹿野郎どもめ。なんで、こんな簡単なこともわかんねえんだ」

罵声を背に聞きつつ、土方歳三は進む。窓から見える庭には、色づきかけた木々がいくつも植わっていた。吹き込む風は、もうすでに冬の冷気を忍ばせている。

いつもなら床板を鳴らすように歩むが、なぜか今日の歳三の足取りに強さはない。すでに足の怪我は完治しているのに、だ。

土方歳三は、今仙台城にいる。日光での合流を断念し、会津へ赴《おもむ》き治療に専念した。完治後に、伝習隊の第一大隊を率い、母成峠《ぼなりとうげ》で戦うなどした後に、仙台へとやってくる。仙台には、品川《しながわ》沖を脱走した旧幕府軍の最新軍艦も集結していたのだ。

「土方さん、あんただって悔《くや》しいだろう」

罵声の主が近づいてきて、肩を並べる。潮の香りが染み付いた軍服を着ていた。旧幕府軍艦隊を率いる榎本武揚《えのもとたけあき》だ。江戸生まれの旗本出身ということもあり、幕臣にありがちな偉ぶったところがほとんどない。

「生殺与奪の権は与えかねる、だと。どこの軍隊に、部下の顔色窺う司令官がいる。海外列強の軍人に聞かれれば、笑われるぜ」

オランダ留学で海戦のいろはを学んだ男は、つばを吐きつつ罵《のの》りを続ける。

「あともう少しで、土方さんが旧幕府軍の全てを率いたはずなのに」

榎本武揚は床を蹴り上げた。

寄港した榎本武揚と奥州列藩《おうしゅうれつぱん》の幹部との軍議が、先ほどまで開かれていた。榎本は逆転の奇策を披露する。それが、土方歳三に旧幕府軍と奥羽越列藩同盟《おううえつれつぱんどうめい》の全軍を統《す》べる権を与えることだった。無論、歳三に否やはない。だが、あえて条件をひとつつけた。軍令違反の時は、各藩家老でも歳三自らが処刑する――生殺与奪の権だ。

これに、各藩は難色を示した。いまだ階級意識は強い。豪農上がりの土方歳三に家老の命が御《ぎょ》されるなど、我慢ならないのだ。

「だから、薩長ごときにいいようにやられるんだ。一本にまとまりゃ、負けるはずもねえ戦なのに」

榎本武揚は頭をかきむしる。

ふと、手を止めて、歳三へ目をやった。

「土方さん、どうしたんだ。あんた、悔しくないのか」

思わず、歳三は顔を背ける。

不思議だった。京都時代の己なら、激怒していただろう。無論、榎本のように声を張り上げない。ただ無言で、反対した者をどう追い落とし、あるいはどう粛清するかを思案する。己の理想を実現させるための様々の策を考え、行動に移す。

それが、歳三にとっての〝怒る〟ということだ。

が、なぜか、胸中には全く違うことが渦巻《うずま》いていた。足取りも自然、淀みがちになる。

「どうしたんだい。俺が噂で聞いた、鬼の新選組副長とは思えねえよ」

盗人《ぬすっと》を咎《とが》めるかのような目で、榎本が覗《のぞ》きこむ。

「榎本殿」

「水臭え、さんづけで構わねえよ」

会って数日だが、まるで幼馴染のように語りかけてくる。

「鬼だけじゃ、もうやっていけないのかもしれない」

「馬鹿言うんじゃねえよ。軍令違反を身分ごとに違う裁きをしていたら、軍隊は成り立たねえ。俺たちに必要なのは、敵味方から恐れられる鬼の指揮官だ。その役が務まるのは、土方さんしかいない」

ならばなぜ、鬼に徹するための生殺与奪の権が、歳三に与えられなかったのだ。

ため息が、歳三の唇をこじ開ける。

近藤さんよ、と今は亡き人に呟く。

案外、あんたの言う通りかもしれないな。鬼はそろそろ封印しなきゃ、戦えるものも戦えない。

＊

甲板の縁に手をかけ、土方歳三は仙台の港が徐々に遠ざかる様子を眺めていた。土方歳三は、旧幕軍の軍艦の上にいる。吹きさらす風は冷たい。白い息を吐きつつ、佇《たたず》んだ。

三十五門もの大砲を持つ開陽丸《かいようまる》はじめ四隻の軍艦と七隻の輸送船の船団が、黙々と北を目指している。歳三らが向かうのは、未開拓の蝦夷《えぞ》の地だ。仙台藩は、新政府への謝罪降伏を決めた。一時は東北北陸の雄藩を巻き込んだ奥羽越列藩同盟だったが、庄内藩を残し皆恭順《きょうじゅん》する。遠からず、庄内藩も降《くだ》るだろう。

土方歳三ら新選組は、蝦夷を新天地として反抗を決めた榎本武揚らに従い出港したのだ。蝦夷地に上陸すれば、すぐに箱館《はこだて》を占拠する新政府軍との合戦になるだろう。

幸いにも、榎本武揚は日本最強と呼ばれる艦隊を率いている。海戦では圧倒的有利だ。箱館を占領できれば、津軽海峡が巨大な防壁に変わる。

視界から仙台の港が完全に消えてから、歳三は背を向けた。

甲板の中ほどで、若者たちが刀を振っている。新選組の隊士たちだ。歳三を見つけ、たちまち彼らの顔が強張った。

「剣術の稽古か」

近寄って声をかけた。

「は、はい。気が昂《たか》ぶって、いてもたってもいられずに……」

若い隊士たちが直立の姿勢で答える。

見れば、顔のあちこちに痣《あざ》や擦《す》り傷、火傷《やけど》の痕があった。東北の戦場をいかに戦ったかを、雄弁に物語っている。

「あまり、根を詰めすぎると、蝦夷に着く前にへばっちまうぞ。ほどほどにしとけ」

ひとりの隊士の頭を乱暴に撫でた。皆がぽかんと口を開ける。そういえば、いつから平隊士に声をかけるのは、命令を下す時か、不始末を罵倒する時だけになっていた。

「剣の稽古もいいが、手入れも怠《おこた》るなよ」

もうひとりの隊士の頭を、軽く小突いた。剣の柄《つか》が汚れ、鞘《さや》にもひびが入っている。

「もう刀剣の時代じゃねえが、白兵戦では頼りになる。恥ずかしくないようにしとけ」

あとは背を向けて離れる。

「ご教授、有難うございます」

絶叫が聞こえてきたので、手だけを振って応えた。歩んでいると巨軀《きよく》の男が視界に映る。

「土方さんらしくないですね」

島田魁の言葉に、唇を歪めて歳三は自嘲してみせた。

「仕方ねえだろう。近藤さんに鬼の歳三は封印するって約束したからな。本土を離れた今この瞬間から、俺は仏の土方を演じる」

くすりと、島田魁が笑った。

「何がおかしいんだ」

思わず昔のように睨みつける。

「いえ、副長は気づいてないんだなって」

「どういうことだ」

「副長が変わったのは、本土を離れてからじゃないですよ」

首をひねり、意味するところを考えた。

「宇都宮城の戦いの後の今市ですよ」

日光東照宮を目指す途中で立ち寄った町だ。近藤勇処刑決定の報《しら》せを聞いた。

「覚えてませんか。勝海舟の使者が去ってから、人と金をやって、逃亡兵の供養を頼んだじゃないですか」

「ああ」と、呟く。

日光に先遣させていた仲間を呼び戻し、東照宮の一角に墓を建立するよう頼んだことを思い出す。宇都宮城戦で斬り殺した、若い逃亡兵のためにである。

「びっくりしましたよ。昔の土方さんなら、隊規違反の隊士にそこまでしなかったでしょう。だから、思ったんです。土方さんは変わられたなって」

「もう、俺は新選組だけの男じゃねえ。立場が変われば、接し方も変わるさ」

土方歳三は、新選組の副長ではない。新選組は安富才助《やすとみさいすけ》らに任せて、今は伝習隊第一大隊の総督だ。新選組に役はないが、安富らに命令を下す立場にある。かつて新選組は会津藩の指揮下にあったが、歳三はその頃の会津藩的な立場だ。

「けど、何というか、土方さんは変わりましたね。成長したというか」

「成長だと」

さすがに、聞き捨てならなかった。

「おい、島田、勘違いするなよ。俺は、仏を演じているだけだ。決して、本性が変わったわけじゃねえ」

睨みつけるが、島田魁は笑みを湛《たた》えたままだ。調子が狂う。昔なら、一瞥《いちべつ》しただけで、脂汗《あぶらあせ》を滴らせたはずなのに。悪戯《いたずら》を咎められた童《わらべ》のような所作《しょさ》で頭を下げ、巨軀の隊士は去って行く。

※

灰色の氷雪が、大地だけでなく天や海さえも覆いつくしていた。海沿いの道には、冷風を遮《さえぎ》る木々はほとんどない。刃物のような寒風が、土方歳三ら上陸した旧幕府軍の体を切りつける。ほとんどの兵が防寒具を持っていない。中には、素足に草鞋《わらじ》を履いた者もいる。

歳三らは震える兵を、叱咤して進ませる。

蝦夷地に上陸した歳三らは、兵を二手に分け、箱館の五稜郭《ごりょうかく》への進軍を開始していた。大鳥圭介は本軍を率い内陸部の本道を、歳三は兵七百を率い海沿いを進軍している。

冷たい風に重さが増した。

歳三は足を止める。横殴りの雨と雪が、旧幕府軍を押しつぶすように襲いかかった。

「進めえ」と、大喝するのは巨軀の島田魁だ。

「このぐらいで、へこたれるな」

「本隊に先んじられれば、末代までの恥だぞ」

守衛新選組と名付けた数人の新選組隊士も、絶叫していた。ちなみに、新選組本隊は大鳥圭介の本軍に組み込まれている。

歳三は目を巡らした。幽鬼のような顔で、兵たちが足を動かしている。唇は紫色になり、歯が火打ち石のように音を奏でていた。

「進軍を止めろ」

島田魁らに声を飛ばした。

「火を焚《た》け、小休止をとる。風がおさまるまで休ませろ」

ざわついたのは、島田魁らの守衛新選組だ。

「しかし、土方さん、それでは本軍に先んじられますよ」

ひとりが恐る恐る具申する。手柄に対して誰よりも貪欲なのが、土方歳三だ。池田屋事件では、救援に来た会津藩でさえ殺気を漲《みなぎ》らせ現場に近づけさせず、新選組の一番手柄を確立させた。以前の歳三なら、何人かの凍死を勘定にいれ、軍を強行させたはずだ。

「いいから、軍を止めろ。さっさと火を焚け。薪《たきぎ》や燃料はけちるなよ」

守衛新選組の面々が顔を見合わせる。が、すぐに気を取り直し、駆け出した。全軍停止を叫び回る。

「助かったぁ」

「生き返るぜ」

鼻水を凍らせた兵たちが、火に集《つど》いはじめた。その様子を、歳三は輪から少し離れて見る。横では、島田魁が微笑みつつ控えていた。

「何だ。俺の顔に何かついているか」

「いえ、仏の土方も悪くないですね。なかなかに板についていますよ」

思わず唾棄《だき》した。岩の上に落ちた唾がたちまち凍り、雪に隠れる。

「そういう貴様も饒舌《じょうぜつ》になったじゃねえか」

寡黙とまでは言わないが、少なくともこんな軽口を叩く男ではなかった。

へへへと、わざとらしく笑いつつ、島田魁が頭をかく。

「伝令」と、怒鳴りながら駆け寄る男がいる。右手に新式銃、左手に刀を持っている若者だ。顔に張り付いた氷雪をぬぐわずに、歳三のもとへと迫る。野村利三郎《のむらりさぶろう》という、若手の新選組隊士だ。命知らずの剛勇の男として知られ、今は陸軍隊の下につけていた。

「敵の兵を見つけました。数は少ないです。やらせて下さい」

雪も溶けんばかりの気迫だ。

野村利三郎は、東北戦線で勇戦した。ただ、命知らずの攻めを部下に強いるので、味方が多く死ぬのが玉に瑕《きず》だ。今も休養より、敵との戦いを優先しようとする。

「かつての鬼のなんとやらですな」

歳三にだけ聞こえるように、島田魁は言った。味方の犠牲を顧みぬ野村利三郎の戦い方が、鬼と呼ばれた頃の歳三とそっくりだと言っているのだ。笑止である。気迫は似ているが、計画立案の才が違う。そもそも歳三なら報告に「数は少ない」などと、抽象的なことは決して言わない。

「慌てるな。お前は陸軍隊に戻って、体を休めろ」

「しかし」

「俺の命令が聞けねえのか」

一瞬だけ顔を歪ませた後に、野村利三郎は頭を下げた。また走り去る。

「とはいえ、敵兵がいるのは厄介です。どうします」

「戦うまでもねえ。どうせ、斥候《せっこう》だ」

東北戦線でも同じことがあった。歳三の隊が伏兵にあったのだ。しかし、少数とみた歳三は、応戦しなかった。ただ、通過したのだ。

「では前のように、無視して押し通りますか」

頷こうとして、首が止まった。

伏兵を受けた時、何人かが被弾したことを思い出す。

「確かに、時が惜しい今は、それが最善手ですね」

「いや」と、歳三は島田魁の言葉を遮った。

「今回はその手はとらない。分隊を派遣して、敵の背後を討って、脅威を取り除く」

島田魁が意外そうな顔をつくる。

「しかし、時を食いますよ。その間に、手柄をとる機を逸します」

歳三は手を乱暴に振って、島田魁の反論を封じ込めた。

「つべこべ言う暇があれば、動け。島田、お前が守衛新選組と適当な人間を連れて、分隊を今すぐ指揮しろ」

「そんなぁ」と、島田魁が情けない声を上げた。

「私はまだ、火に当たってませんよ」

「うるせえ。仏の土方などと、くだらねえ軽口を叩いた罰だ。さっさといけ、それとも刀でけつの肉を削り取られなきゃ、わからねえか」

「たまんねえなぁ」

巨軀を縮こまらせて、島田魁は去っていく。

焚き火に目を移す。何人かの兵が懐から瓢簞《ひょうたん》を取り出し、回し飲みをしている。その様子から酒だとわかった。無論のこと、軍令違反である。

「馬鹿野郎たちが。飲《や》るんなら、俺にわからねえようにしろ」

火に背を向けて、土方歳三は凍てつく大海と正対する。吹き付ける風で、顔の皮膚が破れてしまいそうだった。

＊

箱館は春だというのに、まだ薄っすらと雪が残っていた。刺すような冷気が幾分和らいだだけでも、よしとするしかないかもしれない。箱館湾に浮かぶ船団を見つつ、歳三は自分に言い聞かせる。仙台を発った時は、十一を数えた軍艦だったが、今は九艦に数を減らしていた。

箱館城を落とした旧幕府軍は、休む間もなく松前藩が籠《こも》る松前城を攻めた。攻め手の総大将が歳三で、苦もなく落城させる。だが、この時、二隻の船が座礁した。そのなかには、一艦で津軽海峡の制海権を掌握できるとも言われた開陽丸も含まれていた。

旧幕府軍最高の軍艦を失い、津軽海峡は頼もしい防壁の役を成さなくなった。

「ふん、足りなくなった分は、奸軍から分捕ればいいだけさ」

数を減らした船団を慰めるように、歳三は言う。

歳三ら旧幕府軍は、乾坤一擲《けんこんいってき》の海戦に挑むことが決まっている。

宮古湾《みやこ》に、新政府軍の海軍が入港したという報告が届いたのだ。その中には、甲鉄《こうてつ》という名の最新の装甲軍艦も含まれている。

今より、旧幕府軍は博打に出る。

密かに箱館を出港し、新政府軍に奇襲することを決めた。単なる攻撃ではない。最新装甲軍艦である甲鉄に接舷《せつげん》し、兵を乗り込ませ奪い取る奇策である。成功すれば、再び津軽海峡を防壁に変えることができる。

この作戦に、歳三は軍監として参加するのだ。

回天《かいてん》という巨大な艦に、階段が渡される。続々と水兵たちが乗り込んでいく。フランス語で「アボルダージュ」と名付けられたこの作戦に、三艦が出撃する。だが歳三が乗る回天は見届け役のため、乗り込む陸兵は少ない。

「さて」と、歳三が甲板への階段を登ろうとした時だった。

「土方さん」と、島田魁の声がした。

「実はちょっと、提案があるんですが」

「なんだ。海戦に連れていけって言っても無駄だぜ」

今回は、島田魁は留守役である。

「いえ、ではなくて。おおい、野村君、こっちに来てくれ」

大きな体にふさわしい声で、島田魁は野村利三郎を呼ぶ。


「こいつに俺のかわりをやらせるだと」

島田魁の提案に、歳三は思わず顔をしかめた。

「はい、そうです」と、島田魁は隣に立つ若者の肩を親しげに叩く。口を一文字に結び、野村利三郎が直立していた。三人の横にある階段を、荷を担いだ水兵たちが登っていく。

「やはり、組織には鬼も必要かと思いまして。ご存知のように、野村君は上役の春日《かすが》さんにも引かぬ強情者」

歳三は、頭を抱えたい欲求を必死にねじ伏せた。先鋒を任されなかったことに抗議した野村利三郎と、突っぱねる陸軍隊隊長の春日が抜刀して決闘寸前までいったのは、五稜郭への進軍途中でのことだ。それを必死に仲裁したのが歳三である。

「その気迫ならば、鬼には適任でしょう」

「魂胆は見え透いているぜ。そうやって、俺を仏の役に縛りつけるつもりだろう」

「陸軍奉行並にまで出世した土方さんには、是が非でも近藤さんの役をやり通してもらわなければいけませんので」

歳三は、陸軍第二位の席次を手に入れている。

「というわけで、これからは野村君が鬼となって部下たちを叱咤激励しますので。土方さんは安心して仏を演じてください。なあ、野村くん、大丈夫だな」

「はい、お任せください。さっそく船中の士気の緩《ゆる》みを正してまいります」

大声で返事をした後に、野村は甲板へと駆け上がる。

「おい、本当にあいつに俺のかわりが務まるのか」

「まあ、私より適任でしょう」

外見はいかついが、島田魁は当りは柔らかい。

「それに、案外野村君は人望もあります」

上役からは蛇蝎《だかつ》のごとく嫌われているが、突撃の時は先頭を駆け、退却の時は最後尾を守る戦い方を慕う部下は少なくない。

「だがあいつは、俺と違って馬鹿だ。箱館に来てから、何度問題を起こしたことか」

上役とも平気で衝突する野村のために、歳三は関係各所に何度も頭を下げていた。

島田魁は微笑みながら、歳三の苦言を聞いている。

「おい、何がおかしいんだ」

「いえ、昔を思い出しまして」

「昔だと」

「はい。近藤さんもそうでした。私によく愚痴を言っていましたよ。土方さんが会津藩に乗り込んで、正論で家老をやりこめるのは度々だったじゃないですか。その後、近藤さんは会津屋敷へ行って、平謝りしてました。野村君の尻拭《しりぬぐ》いをする土方さんと、土方さんの後始末をする近藤さんがそっくりだなって」

反論しようとしたが、できなかった。舌がもつれて、上手《うま》くしゃべれない。

「と、とにかく俺は、あんな馬鹿じゃない。一緒にするんじゃねえ。それより、もう出る。留守を頼んだぞ」

「はい。ご武運をお祈りしています」

甲板へ続く階段に足をかけると、さっそく野村の怒号が降ってきた。どうやら、怠慢な仕事ぶりの水兵を叱っているようだ。

馬鹿野郎が張り切りすぎだ、と心中で毒づく。

甲板に登ったら、船長に会う前に、叱られた水兵たちに声をかけてやらねばならないだろう。場合によっては、上官に詫《わ》びを入れないと厄介が起きるかもしれない。

やれやれ、と呟く。

近藤さんよ、仏の役まわりも案外大変なものだったんだな。

知らず知らずのうちに、歳三は亡き人に愚痴を零《こぼ》していた。

＊

「アボルダージュ」

突撃を意味するフランス語が、宮古湾に轟いた。岸辺には菜の花の黄色が点々と目に飛び込む。それを塗りつぶすようにあるのは、停泊する新政府軍の艦隊の影だ。巨大な軍艦が四隻に輸送船が四隻。軍艦が二隻しかない旧幕府軍よりも、充実した陣容である。

一方の歳三ら旧幕府軍奇襲隊は、回天一隻のみで突入していた。

宮古湾の最新武装軍艦・甲鉄奪取のため出撃した旧幕府軍の三艦は、途中で嵐にあい一艦が行方不明、一艦が機関故障に陥っていたのだ。

満足に動けるのは、歳三らが乗る回天だけだ。本来は見届け役の回天だったが、決死の思いで宮古湾に突入することが決定された。そして、ぶつかるようにして敵の鉄甲船に接舷する。

が、相手の甲板は低く、高低差は一丈（約三メートル）もある。

救いは、回天がアメリカ国旗を掲げ偽装していたため、砲撃を受けていないことだ。といっても、すでにアメリカ国旗は外した。国際法を無視すれば、海外列強を敵に回しかねない。今は、旧幕府軍を示す日の丸を高々と掲げ直している。

敵の艦船から、銃撃がひとつふたつと届き出す。

愚図愚図している暇はない。

「アボルダージュ」

船長が、再び号令を下す。だが、反応する者はほとんどいない。

皆、青い顔をして躊躇している。

「貴様ら何をしている」

怒声を漲らせたのは、野村利三郎だった。

「それでも軍人か。恥を知れ。刀を取り、突入しろ」

唾を撒《ま》き散らし、絶叫する。

見てられねえ、と歳三は腰の刀を強く握った。かつての自分なら、さっさと水兵のひとりを斬り殺していたはずだ。

だが、仏を演じる今はできない。

野村利三郎にそれとなく視線を送るが、罵倒するのに必死で気づかない。

歳三はため息を吐き出した。

これでは、戦にならない。

その間も、停泊する新政府軍の軍艦や輸送船からの銃撃が激しさを増す。甲板の上の大砲もゆっくりと動き、砲口をこちらに向けつつある。

挨拶《あいさつ》がわりに敵に弾だけ撃ち込んで、さっさと退くべきだ。

土方歳三は、素早くそう判断した。軍監という立場のため、命令する権限はない。船長にそう提言しようとすると、「どけどけ」と罵声が響いた。

「貴様らが、行かぬなら、俺が行くまでだ」

鉢巻を固く締めた野村利三郎だった。すでに刀を抜いて、船縁《ふなべり》に向かって突進している。

「よせ、野村」

歳三の制止はわずかに遅かった。

野村の気迫に負けじと、まず海軍士官が飛び降りる。追い越すように、野村利三郎が船縁を蹴った。次々と兵たちが続く。

眼下の甲板に、銃声が轟いた。硝煙の匂いが、足下から立ち上がる。

ぐらりと回天が揺れた。

落雷のような衝撃が、歳三の鼓膜を襲う。

まろびそうになった体に力を込めた。

すぐ横で大きな水柱が立ち上がっていた。宮古湾に待機する新政府軍の船からの砲撃だ。

「ここで戦っても犬死にだ。退かせろ」

歳三が叫ぶと、船長とその両側にいるフランス人武官は素早く頷いた。

「退け。作戦は失敗だ。縄ばしごを下ろして、兵を収容しろ」

回天から次々と、縄ばしごが落ちる。

突撃した野村らは、敵の水兵に囲まれていた。手槍の刺突《しとつ》や新式銃の銃撃を受けて、次々と倒れていく。その中で血まみれになって戦うのは、野村利三郎だ。縄ばしごに向かう仲間たちを守るように、血刀を振るっている。

「くそ」

歳三が銃を構え援護しようとするが、すぐに船縁を舐《な》めるような斉射を受けた。それでも、ひとり、ふたりと血まみれの男たちが登り、生還する。

「野村、早くしろ」

歳三が叫ぶ。すでに甲板で戦う味方は、野村利三郎ひとりしかいない。

天を仰ぐようにして、野村利三郎が振り向いた。

息を飲む。

巻いていた鉢巻はなかった。顔が真っ赤に染まり、割れた脳天から頭蓋《ずがい》が見える。

「土方さん、この野村めは、捨てて下さい」

叫ぶ野村利三郎の胸から光るものが飛び出た。背後から繰り出された新政府軍の手槍だ。

震える手で、野村利三郎は縄ばしごを取る。そして、反対の手で持つ刀を閃かせた。

縄ばしごが断ち切られる。

それだけで、野村利三郎の意図することがわかった。

「船長、退け。回天を敵艦から離せ」

「しかし」

「構わん。行け。野村の意志を無駄にするな」

ゆっくりと回天が、甲鉄から剝《は》がれる。

支柱を失ったかのように、敵艦が大きく左右に揺れた。

船縁によりかかっていた野村利三郎の体が、外へと傾《かし》ぐ。すでに意志の力があるようには見えなかった。

鬼の役を託した隊士が、呆気《あっけ》なく海へと落ちる。水しぶきと共に、野村利三郎の骸《むくろ》は海面へとめり込んだ。波間に漂う様子さえも見せずに、深い海底へと没する。

その様子を、歳三はただ眺めていた。

銃弾で熱せられた船縁を摑む。

首を激しく左右に振った。

悔やみの言葉は述べない。

そんな暇はないからだ。

新政府軍は本気である。十日もすれば、旧幕府軍が立てこもる箱館に上陸するだろう。今回の奇襲で、皮肉にも旧幕府軍の軍艦では新政府軍に太刀打ちできないことを証明してしまった。何の躊躇もなく、津軽海峡を渡ってくるはずだ。

息をゆっくりと吐き出す。

頭の中に、蝦夷地の地図が浮かぶ。どこに兵を配すべきか。いかに、戦うべきか。

頭の中の地図が、一点を照らし出す。

二股口《ふたまたぐち》と呼ばれる、山が迫る難所だった。

＊

闇の中、しのつく雨を浴びつつ、土方歳三は白馬を駆る。前方から聞こえるのは、けたたましい銃撃の音だ。まるで雷雲が谷から湧き出ているかのような響きに、春を迎えたばかりの蝦夷の木々が揺れている。

新政府軍は、とうとう蝦夷地へと上陸した。総兵力は九千。旧幕府軍の三倍近い。

敵は、山と海の二手に分かれ進軍を開始する。歳三は五稜郭までの最短距離となる山道の防衛のため、兵を二股口の難所に配置していた。そこに新政府軍襲来の報せが来たのは、日の入り後のことだ。五稜郭で軍議をしていた歳三は、ただちに馬に飛び乗る。

やがて靄《もや》のような灰煙が、行手を阻んだ。火薬の匂いが濃く鼻をくすぐる。銃声は、歳三の肌を痺《しび》れさせるほどに大きい。

両側に山が迫る隘《あい》路《ろ》に、旧幕府軍二百が布陣していた。皆、上着を脱ぎ、何人かは上半身裸だ。脱ぎ捨てた着衣は、弾薬が濡《ぬ》れないように上に被《かぶ》せられていた。

「土方総督だ」

「土方さんが戻ったぞ」

二股口の陣から、たちまち歓声が沸《わ》き上がる。馬から降りた歳三は、安堵《あんど》の息を密かに吐いた。戦闘開始から五刻（約十時間）ほどたっているが、士気は盛んなようだ。

「土方総督、聞いてください。奸軍の腰抜けども、十度は攻めてきてるのに、塁のひとつも落とせねえんですよ」

満面の笑みでにじりよってきた兵卒を見て、歳三の上半身が仰《の》け反《ぞ》った。顔が硝煙で真っ黒になり、まるで羆《ひぐま》のような面だったからだ。

「どうしたんですか、土方総督」

「馬鹿野郎、面見てもの言え。化け物でも、もう少し綺麗だぞ」

歳三の叱声に、兵卒が快笑で応じる。皆、顔が真っ黒だ。夜の闇の中で、眼球と歯の白さが際立っていた。

「土方サン」

赤毛のフランス人武官が、ランタンを片手に近づいてきた。幕府が雇っていた軍事教官で、江戸城明け渡し後に箱館に合流して歳三らを助けてくれている。兵卒ほどではないが、こちらも頰や顎《あご》が汚れている。

「フォルタンさん、留守をすまねえ。どうだい、戦況は」

「エクセラン」と、大げさにフランス人士官は腕を広げた。

「素晴ラシイデス。指揮官ノ歳三サンガイナイノニ、誰モ逃ゲナイ。全力デ戦ッテイマス」

感に堪《た》えないという雰囲気で、首を左右に振る。なぜか、歳三の胸が暖かくなった。

「おい、銃をよこせ。俺も戦う」

歳三は従者から新式銃を受け取った。大股で前線へと歩く。

歓声が再び湧き起こる。まるで千両役者のような扱いだ。

「手前ら、新政府とか抜かす奸軍の皆様を、しっかりとご歓待しねえか。生ぬるい銃弾ぶっこんでると、笑われるぜ」

歳三の罵声に、兵卒は銃撃で応える。

山間に轟音《ごうおん》が木霊《こだま》する。それを受けたかのように、東の空が明るくなった。すでに雨は止み、雲は薄くなっている。

＊

「なんで、私がこんなものを担がなきゃいけないんですか」

後ろから続く島田魁が、不服そうな声を上げた。

「うるせぇ。手前のでかい図体を少しは活かしやがれ」

歳三が振り向くと、両肩に大きな酒樽《さかだる》をのせた島田魁が視界に映り込む。一方の歳三も、右肩に酒樽を担いでいた。

「さあ、愚図愚図するな。行くぞ」

また背を見せて、歳三は歩き出す。

二股口の陣は、緊張と弛緩《しかん》が程よく混じり合っていた。銃声はない。大軍で攻めよせた新政府軍と戦うこと、十二日。銃身を水で冷やしつつ射ちまくり、とうとう撤退させることに成功した。今は見張りの兵以外は昼寝をしたり、花札に興じたり、武器を磨いたりと、めいめい心身を休ませている。

その中を、酒樽を担いだ歳三と島田魁が闊歩《かっぽ》する。自然と視線が集まり、人が寄ってくる。十分に関心を引きつけてから足を止め、勢いよく酒樽を下ろした。

「土方総督、なんです、これは」

兵卒たちが覗き込んだ。

「なんです、だと。お前たちは、これを知らねえのか」

地に落ちていた木槌《きづち》を拾い、蓋《ふた》を叩き割った。たちまち酒の薫香《くんこう》が辺りを満たす。

「みんな、よくやってくれた。ささやかだが、こいつで喉を潤わせてくれ」

兵卒たちの目が、たちまち輝き出す。

「いいんですか、総督」

「そうです。酒ですよ」

言いつつ、兵卒たちは酒樽に群がる。

「まあ、軍令違反だが、一杯ぐらいはいいだろう」

腰にさした柄杓《ひしゃく》で、酒を汲《く》んだ。

「おい、がっつくな。盃持って、ちゃんと並べ」

次々と差し出される盃や椀に、歳三と島田魁は酒を注いでいく。

「うめえ」

「たまらねえ」

「勝ち戦の後の酒は格別だ」

目尻を垂らし、酒を喉に流し込んで行く。

「おい、お前ら、わかってんだろうな」

突然、歳三は大声を発し、皆の視線を束ねた。

その気迫に、暫時《ざんじ》緊張が走る。

「榎本総裁や他の隊には内緒だぞ。俺が叱られちまうからな」

唇にひとさし指をやると、皆が一斉に笑い出した。

春の陽光が、二股口の陣を満たす。

「まあ、軍令違反には違いないが、この程度の戦は、お前らにとっちゃ童の戯《たわむ》れみてえなもんだ。酒を飲まなきゃやってられねえだろう。こら、手前は二杯目だろう」

兵卒の頭を柄杓で叩くと、爆《は》ぜるような笑いが巻き起こる。

半ばほどに酒が回ったのを見て、従者に役を任せ、人の輪から島田魁と一緒に離れる。

「大分、板についてきましたね」

「なんだよ。仏の近藤さんの代役がか」

島田魁は嬉しそうに首を横に振った。

「近藤さんじゃないですよ。沖田さんの代役です」

思わず、足を止めた。

「どういうことだ」

「先ほどの様子は近藤さんというより、沖田さんですよ。いつも軽口を言って、みんなを笑わせていたじゃないですか」

意外な言葉に、歳三は何も言い返せない。

「参ったなぁ」と、巨軀の島田魁が頭をかく。

「実は私は密かに沖田さんの代役をやっていたんですよ。けど、上手くできなかった。と思っていたら、土方さんがこんなに上手くやるんだから」

そういえば、島田魁は京都新選組時代は、上方言葉を使っていた。探索という役についていたからだが、今やその頃の面影は全くない。

「かなわないなあ、土方さんには」

そう言ってはにかむ島田魁の表情が、なぜか沖田総司の顔と重なった。

兵卒たちのほぼ全員に、酒が回された時だった。馬蹄の響きが、聞こえてきた。前方ではなく、後方。

「土方総督はおられますか」

「ここだ」

伝令の兵は馬から飛び降り、素早く膝をついた。

「茂辺地《もへじ》、矢不来《やふらい》の陣が破られました。奸軍は有川《ありかわ》へと兵を進めています」

「なんだと」と、呻《うめ》いたのは島田魁だった。

新政府軍が有川を押さえると、歳三らの退路がなくなり挟み撃ちになる。

「至急、兵を退き五稜郭へ籠城《ろうじょう》されたし、との榎本総裁のご命令です」

気づけば、歳三のすぐ背後に兵卒たちがひしめいていた。

「わかった。すぐに陣をたたむ」

一礼して、伝令は馬に飛び乗った。

歳三は、兵卒に向き直る。先ほどまであった笑みは、皆の顔から消えていた。

「聞いての通りだ。五稜郭へと戻る。すぐに支度をしろ」

全員が頷き、すぐに散った。めいめいが、素早く荷物をまとめ始める。何人かの体が、かすかに震えていた。

「島田よ」

その様子を見つつ、巨軀の隊士を呼ぶ。

「確かに俺は、仏の役を引き受けた。だが、鬼を捨てたわけじゃねえぞ」

「それは、どういう意味ですか」

「次の一戦は、きっと今まで以上に凄惨《せいさん》なものになる」

鳥羽伏見や東北の戦争など、比べ物にならないだろう。必敗必滅の最後の決戦である。

「きっと、仏だけじゃ、陣はもたねえ」

ごくりと、島田魁は唾を飲んだ。

「奸軍の猛攻を受けて、陣が崩れそうになった時――」

知らず知らずのうちに、語尾に殺気が宿る。

「鬼の封印を解く。逃げる兵は容赦なく斬り捨てて、味方を死兵に変える」

蝦夷地に吹く風には、先ほどまでの暖かさはなかった。

「総員総兵を鬼に変え、最後の一兵になるまで奸軍に抵抗させる」

冬を思い出したかのような風が、二股口の陣を駆け抜ける。

＊

最後の日は、空は晴れ渡り、南からの穏やかな風が心地よく吹いていた。

春の盛りを迎えた蝦夷地の空気は、どこまでも暖かく優しい。そんな箱館の地に、雲霞《うんか》のごとく新政府軍が殺到していた。

土方歳三らが籠る五稜郭からは、箱館の市街が見渡せる。その奥に海に突き出るような箱館山があった。

旧幕府軍にとっては五稜郭に次いで重要な拠点だが、敵は急坂をよじ登り守る味方の兵を覆い尽くさんとしている。

市街にも敵兵が乱入しており、あちこちで黒煙が上がっていた。

海では、唯一残った旧幕府軍の蟠竜丸《ばんりゅうまる》が奮闘している。が、新政府軍の軍艦三隻の砲撃は容赦がない。未だ沈まないのが、不思議なほど被弾し、あちこちで炎を吹き上げている。

五稜郭背後の七重浜《ななえはま》からも、上陸した新政府軍がひたひたと押し寄せようとしていた。

どうやら、この城を枕に討ち死にということになりそうだ。歳三は腰の刀を無意識のうちにさわる。東北以来、封印していた鬼を解き放つ時はもうすぐだ。

「おおお」

どよめきが湧き上がり、轟音がそこにかぶさる。

歳三は首を捻《ひね》る。

瞠目《どうもく》する。新政府軍の軍艦のひとつから、巨大な火柱が立ち上がっていた。

「よくぞやった、蟠竜丸」

「ざまあみろ、奸軍め」

どうやら、苦戦していた蟠竜丸の一弾が、奇跡的に敵の艦を大破させたようだ。

「やるな」と、思わず口に出す。

五稜郭を枕と思っていたが、少しばかり死に時が延びた。嬉しい誤算だ。

歳三は白馬に飛び乗る。従者から、ひったくるように銃を受け取った。

「この機を逃すな。我が手の者どもよ、出撃だ」

歳三らの軍勢が、五稜郭を飛び出す。

すでに箱館市街には、新政府軍の兵卒が充満していた。歳三は、馬上で新式銃を撃ち放つ。敵に対してではない。

自分たちがどこへ向けて進むかを、報せるためだ。

弾丸は真っ直ぐに飛び、箱館山へと吸い込まれた。そこには、島田魁らが指揮する新選組が守備している。

「道を切り開け。箱館山の味方を救う」

歳三の放った弾丸を追いかけるかのように、麾下《きか》の軍勢が躍動した。

目の前に、木柵を巡らした壁が現れる。

一本木関門だ。旧幕府軍の兵卒の屍体が、あちこちに散らばっている。翻《ひるがえ》る旗から、長州や福山の藩兵たちのようだ。ここを越えねば、箱館山にはつけない。

「踏み潰せ」

兵卒が怒号で応える。

一射必殺の銃撃で、次々と長州福山の藩兵が倒れる。旧幕府兵の骸に折り重なるかのようだ。

殺気を感じて、歳三は手綱《たづな》を引いて馬を竿立《さおだ》たせた。高くなった視界の隅から、こちらへと殺到する敵の一団が見えた。右翼から、銃を放ちつつ攻めかかってくる。距離は近い。すぐに白兵戦の間合いになる。

「刀を抜け」

叫びつつ、歳三は馬から下りた。すでに刀剣を閃かせ、敵と味方がぶつかってい
る。血しぶきをかきわけるように、ひとりの敵兵が近づいて来た。沈んだ腰と重心
は、百姓上がりの兵ではなく侍だ。

抜く暇はない。

歳三は躊躇せずに、間合いをつぶした。頭を下げて、額を敵の鼻面へとめり込ませ
る。相手が仰向《あおむ》けに倒れた時には、手から刀を奪っていた。助太刀として襲いかかる
敵の首めがけ、水平に薙《な》ぐ。

絶命さえ生ぬるい断頭の一太刀は、それだけで敵兵の勢いが止まるほどだった。

「誰だ奴は」

「恐ろしい手練《てだ》れだぞ」

「まさか……」

歳三はゆっくりと頷く。

「いかにも、だ。我こそは陸軍奉行並、土方歳三だ」

名乗りを上げるのと、敵が背を向けるのは同時だった。

「逃げろ、新選組の土方だ」

「鬼の土方が現れたぞ」

散り散りになる敵から、歳三は目を引き剝がす。

「追うな。無駄弾も射つな」

指示しつつ、また馬上の人になる。顔を箱館山へ向けた。奪った刀はナマクラだったようで、横にひしゃげている。

まだ、鬼になるには早い。

頰についた返り血を、舌で舐めとる。一本木関門を守っていた敵兵は、いつのまにかどこかへと消えていた。ナマクラを放り捨て、馬の腹を蹴った。

「駆けろ。関を出て、異国橋も越える。箱館山を攻める敵を、討つ」

兵卒たちが、怒号で応じる。味方はまだ意気が盛んだ。怯《ひる》む様子がない。

一本木関門を越えると、前からだけでなく、左右や斜めからも銃弾が飛び交う。火線をかいくぐるようにして、進まざるをえない。

血か汗かわからぬものを、腕で拭う。

見えぬ壁にぶち当たったかのように、味方の足が止まった。一銃千発と呼ばれた二股口の決戦よりも、ずっと濃い殺気が巨壁のごとくそびえている。

「来たか」

歳三が呟くのと、殺気が烈風のように前へと進むのは同時だった。

兵卒たちの重心が、後ろへと移動する。

けたたましい銃声が轟いて、味方から血煙が吹き上がった。新政府軍の大軍が、波濤のごとく押し寄せてくる。

大気と大地が、激しく震える。

土方歳三は、とうとう腰の刀を抜き放った。

「いまこそ、最後の勝負のときだ」

銃声を押し戻すようにして叫ぶ。頭に弾丸がかすったのか、歳三の視界に毛髪が舞っている。

「退く者がいれば、己が斬り捨てる。覚悟を決めろ」

刀を天に翳《かざ》し、陽光を反射させた。

返答のような敵の銃撃は、無慈悲だった。味方が次々と倒れていく。

それ以上に、土方歳三は冷酷だった。

ひとり、ふたりと倒れる味方を冷静に観察する。

味方はよくやっている。

だが、もうそろそろ限界だ。

あと、ひとり倒れれば崩れる。

逃げるであろう味方を斬るために、馬を一歩前へと進めた。

とうとう、ひとりが大地に片膝をつけた。首の辺りが、真っ赤に染まっている。

決壊したな。

ぶるりと、五体が震えた。

土方歳三は佇んでいる。馬が、短くいなないた。

なぜだ、と自問する。

先ほど膝をつけた兵卒が立ち上がる。銃を構え、弾を放つ。そして、糸が切れたように前のめりに倒れた。

「土方総督を信じろ」

「ここを踏みとどまれば、必ず勝てる」

次から次へと被弾し倒れつつも、誰ひとりとして逃げない。

歳三はだらりと腕を垂らした。

誰も斬ることなく、味方は死兵と化しているではないか。

とっくの昔に力を使い果たしているはずなのに、誰も逃げようとしない。逆に寡兵にもかかわらず、押し返すほどだ。逞《たくま》しい背中を歳三に見せて、一歩二歩と前進さえしている。

対する敵の顔は青ざめ、明らかに狼狽《ろうばい》していた。

歳三は、自身の顔が歪むのを感じた。

「近藤さん、俺は間違っていたのか」

鬼が必要だと思っていた。

だから、幾人も斬った。宇都宮だけではない。京へ来てから、ずっと。

新選組を活かすためだ。ひとり殺すたびに、新選組は強くなると思った。

俺は間違っていたのか――

腹に衝撃が走る。

どんな時も手放したことがない刀が、掌からこぼれ落ちた。ゆっくりと首を下へ向ける。

軍服の腹部に、弾孔がひとつ穿《うが》たれていた。

血が一気に溢れ出す。

瞬間、視界がぐるりと回転した。

青く晴れた空と大地が、何度も交錯《こうさく》する。

——近藤さん、俺は間違っていたのか。

肩に衝撃が走り、大地に叩きつけられたことを悟った。


「土方さん」

「土方総督」

呼ぶ声に気づき、うっすらと目を開ける。血泥にまみれたいくつもの顔が、歳三を覗き込んでいた。首を動かすと、木柵が見える。どうやら、一本木関門まで運ばれたようだ。

敵の銃声が、生き物のようにこちらへと近づきつつある。

歳三は、戦慄《わなな》く唇を動かした。

「逃げろ」

皆が目を見開く。

「生きろ。犬死にするな。俺は、捨てていけ」

血が口の中から溢れ出す。

「土方さん」

ひとりの若者が顔を近づける。

「何か……言い残すことは」

笑い飛ばそうとしたが、無理だった。しばし、目を瞑《つむ》る。

唇と瞼を同時に開いた。

「介錯《かいしゃく》してくれ」

せめて最後だけは、格好をつけたい。

震えながらも、若者は頷いた。

気づけば、皆の目から涙が溢れている。

「お前たちは、よくやってくれた。本当に……」

何の反応もないということは、きっと音として口からは発せられなかったのだろう。

覗きこむ顔の向こうにある空は、どこまでも青かった。

濃さを増し、土方歳三の視界を塗りつぶす。

――本当によくやってくれたぜ。

それは自身の放った声のようにも、あるいは土方歳三を労う大切な人からの言葉のようにも聞こえた。

どこまでも優しい風が、蝦夷の新天地を吹き抜けている。

●略歴

葉室　麟（はむろ・りん）

１９５１年福岡県生まれ。２００５年『乾山晩愁』で第29回歴史文学賞を受賞し、作家デビュー。２００７年『銀漢の賦』で第14回松本清張賞、２０１２年『蜩ノ記』で第１４６回直木賞、２０１６年『鬼神の如く　黒田叛臣伝』で第20回司馬遼太郎賞を受賞。他の著書に『紫匂う』『山月庵茶会記』『秋霜』『津軽双花』『日本人の肖像』（共著）『潮騒はるか』『古都再見』『嵯峨野花譜』『草笛物語』『大獄　西郷青嵐賦』『天翔ける』『玄鳥さりて』『影ぞ恋しき』『曙光を旅する』『暁天の星』など多数。２０１７年12月、逝去。

門井慶喜（かどい・よしのぶ）

１９７１年群馬県生まれ。２００３年「キッドナッパーズ」で第42回オール讀物推理小説新人賞、２０１６年『マジカル・ヒストリー・ツアー』で第69回日本推理作家協会賞、同年、咲くやこの花賞、２０１８年『銀河鉄道の父』で第１５８回直木賞を受賞。他の著書に『シュンスケ！』『東京帝大叡古教授』『新選組颯爽録』『家康、江戸を建てる』『ゆけ、おりょう』『屋根をかける人』『新選組の料理人』『定価のない本』『自由は死せず』『東京、はじまる』など多数。

小松エメル（こまつ・えめる）

１９８４年東京都生まれ。２００８年、第6回ジャイブ小説大賞を「一鬼夜行」で受賞し、デビュー。「一鬼夜行」は人気シリーズとなる。他の著書に『夢追い月』をはじめとする「蘭学塾幻幽堂青春記」シリーズ、『うわん　七つまでは神のうち』をはじめとする「うわん」シリーズ、『夢の燈影　新選組無名録』『総司の夢』『歳三の剣』『銀座ともしび探偵社』など多数。

土橋章宏（どばし・あきひろ）

１９６９年大阪府生まれ。２０１１年「超高速！参勤交代」で第37回城戸賞を受賞。同名映画は第38回日本アカデミー賞最優秀脚本賞、第57回ブルーリボン賞作品賞に輝く。同名の小説で作家デビューを果たす。他の著書に『超高速！参勤交代　リターンズ』『幕末まらそん侍』『天国の一歩前』『引っ越し大名三千里』『駄犬道中おかげ参り』『チャップリン暗殺指令』『駄犬道中こんぴら埋蔵金』『身代わり忠臣蔵』『大名火消し　ケンカ十番勝負！』『いも殿さま』など多数。

天野純希（あまの・すみき）

１９７９年愛知県生まれ。２００７年「桃山ビート・トライブ」で第20回小説すばる新人賞を受賞し、デビュー。２０１３年『破天の剣』で第19回中山義秀文学賞を受賞。他の著書に『戊辰繚乱』『信長　暁の魔王』『北天に楽土あり　最上義光伝』『覇道の槍』『衝天の剣　島津義弘伝（上）』『回天の剣　島津義弘伝（下）』『蝮の孫』『燕雀の夢』『信長嫌い』『有楽斎の戦』『雑賀のいくさ姫』『もののふの国』『信長、天が誅する』など多数。

木下昌輝（きのした・まさき）

１９７４年奈良県生まれ。２０１２年「宇喜多の捨て嫁」で第92回オール讀物新人賞を受賞し、デビュー。２０１４年に単行本として刊行された同作は、第１５２回直木賞候補となり、２０１５年第４回歴史時代作家クラブ賞新人賞、第９回舟橋聖一文学賞、第２回高校生直木賞を受賞。２０１９年『天下一の軽口男』で第７回大阪ほんま本大賞、『絵金、闇を塗る』で第７回野村胡堂文学賞を受賞。他の著書に『人魚ノ肉』『敵の名は、宮本武蔵』『兵』『宇喜多の楽土』『炯眼に候』など多数。

本書は二〇一七年五月、小社より刊行されました。
文庫化にあたり、一部を加筆・修正しました。

決戦《けつせん》！新選組《しんせんぐみ》

葉室麟《はむろりん》、門井慶喜《かどいよしのぶ》、小松《こまつ》エメル、
土橋章宏《どばしあきひろ》、天野純希《あまのすみき》、木下昌輝《きのしたまさき》

講談社文庫
定価はカバーに
表示してあります

2020年5月15日第1刷発行

発行者——渡瀬昌彦
発行所——株式会社 講談社
東京都文京区音羽2-12-21 〒112-8001
電話 出版 (03) 5395-3510
販売 (03) 5395-5817
業務 (03) 5395-3615

Printed in Japan

デザイン—菊地信義
本文データ制作—講談社デジタル製作
印刷———豊国印刷株式会社
製本———株式会社国宝社

ISBN978-4-06-518737-1

講談社文庫刊行の辞

二十一世紀の到来を目睫に望みながら、われわれはいま、人類史上かつて例を見ない巨大な転換期をむかえようとしている。

世界も、日本も、激動の予兆に対する期待とおののきを内に蔵して、未知の時代に歩み入ろうとしている。このときにあたり、創業の人野間清治の「ナショナル・エデュケイター」への志を現代に甦らせようと意図して、われわれはここに古今の文芸作品はいうまでもなく、ひろく人文・社会・自然の諸科学から東西の名著を網羅する、新しい綜合文庫の発刊を決意した。

激動の転換期はまた断絶の時代である。われわれは戦後二十五年間の出版文化のありかたへの深い反省をこめて、この断絶の時代にあえて人間的な持続を求めようとする。いたずらに浮薄な商業主義のあだ花を追い求めることなく、長期にわたって良書に生命をあたえようとつとめるところにしか、今後の出版文化の真の繁栄はあり得ないと信じるからである。

同時にわれわれはこの綜合文庫の刊行を通じて、人文・社会・自然の諸科学が、結局人間の学にほかならないことを立証しようと願っている。かつて知識とは、「汝自身を知る」ことにつきていた。現代社会の瑣末な情報の氾濫のなかから、力強い知識の源泉を掘り起し、技術文明のただなかに、生きた人間の姿を復活させること。それこそわれわれの切なる希求である。

われわれは権威に盲従せず、俗流に媚びることなく、渾然一体となって日本の「草の根」をかたちづくる若く新しい世代の人々に、心をこめてこの新しい綜合文庫をおくり届けたい。それは知識の泉であるとともに感受性のふるさとであり、もっとも有機的に組織され、社会に開かれた万人のための大学をめざしている。大方の支援と協力を衷心より切望してやまない。

一九七一年七月

野間省一